未来のミライ

細田 守

角川文庫
20991

プロローグ

ほんの少し昔、磯子《いそご》の街には、丘の上に横浜《よこはま》プリンスホテルがあり、水色の帯を巻くE209系がガタゴトと音を立てて根岸《ねぎし》線を走っていた。国道16号を杉田《すぎた》の交差点から南下し、海洋研究開発機構の建物を横目に青砥《あおと》山の坂道を上がってしばらく行った先の丘陵の、南側に面した傾斜地には、大きくて立派な家々が競うように肩を並べていた。その肩と肩のあいだに挟まれたような小さな土地に、小さな家が建っていた。小さな家には小さな庭があり、小さな木が生えていた。

ある日、結婚したばかりの若い夫婦がやって来て、小さな家と小さな庭と小さな木を見てすぐに気に入った。小さくともふたりで暮らすには十分な大きさで、そのうえ傾斜地のため格安だったので、早速契約を交わすと、不動産会社の担当者にカメラを持たせ、小さな家の前に立つ小さな木の前で、並んで写真を撮った。

彼らは、彼が運転する赤いボルボ240で引越しの荷物を運び込み、新しい生活を始めた。ふたりとも都心で遅くまで働く毎日だったので、休日にゆったりと過ごすことのできるこの家での時間を大切にしていた。本を読んだり、音楽を聴いたり、ちょっとだけ凝った料理を作ったりして過ごした。あるいは何もせず、夕方までただただひたすら眠ったりした。

総合出版社に勤める彼女は、真面目で責任感が強い完璧《かんぺき》主義者。いい本を作るためには欠かせない性質を備えていた。が、裏を返せば神経質で、心配性で、ゆえに人の評価に敏感な性格だった。褒められてもわざわざネガティブに捉《とら》えてクヨクヨし、挽《ばん》回《かい》しようと必要以上に頑張りすぎて、さらに疲弊する、という悪循環によく陥った。それでも周囲は、彼女の完璧主義を評価し、また頼りにするので、自分は神経質だと自分で気づきにくくさせた。

建築事務所に所属する彼は、芸術家肌のマイペース。元来は一人でいることを好んだ。それゆえに独創的で、世間や他人に流されない強さがあったが、悪く言えば頑固で聞く耳を持たず、ある意味鈍感で、興味のあること以外はいい加減で、協調性がなく、空気も読めず、普段は穏やかなくせに自分のペースを乱されると途端に怒りっぽくなり、仕事の締め切り間際にはしょっちゅうピリピリした。と、欠点を挙げ出せばきりがない。

このように性格的には対照をなしているので、大きなことから取るに足りない些細《ささい》なことまで、ふたりはよく衝突した。が、それでも別れることなく生活を共にしているのは、性格を超えた相性というか、縁があったからなのだろう。

ある日突然、彼女が犬を飼いたいと言いだした。クリーム色のイギリス系ミニチュアダックスフントで、ペットショップで目が合って心を射貫《いぬ》かれてしまったのだと言った。彼は生活のペースが変わってしまうことを心配したが、結局、渋々承諾した。その翌週、夫婦の家に子犬がやってきた。赤い首輪をしてたまご形のゴムボールにかじりつく姿は、見ていて飽きることがなかった。その日の成長について、散歩の途中でのちょっとしたアクシデントについて、無防備な寝顔の愛らしさについて、いつまでも時間を忘れて語り合った。まるで子犬の親になったような気分だった。

彼女が妊娠したのは、結婚から6年目のことだった。

日に日に大きくなっていく彼女のお腹を、彼は定点観測のように写真に収めた。産婦人科で見せてもらうエコー画像。そのバウムクーヘンを切り取ったみたいな白黒の画面にちょうど収まるように、胎児の大きな頭と小さい体が見えた。足の間に、はっきりと映る男の子の証《あかし》。心臓がピクピク動いているのを見て、彼の胸もバクバクと高鳴った。これから生まれてくるこの子の将来に、経済的な責任が取れるのだろうか、と。しかしそんな彼の憂鬱《ゆううつ》を置き去りにするように、彼女のお腹はどんどん張り出していった。彼女は予定通り産休を取り、慌ただしく出産に向けた準備をした。予定日より1週間早く、陣痛がやってきた。申し合わせていたとおり彼女のお母さんが上京してくれた。陣痛を促進させるために、助産師さんの指示で、彼に付き添われて夕暮れの公園をふーふー言いながら歩いた。その7時間半後、彼女は生まれたての赤い顔をした新生児と一緒に自撮り写真に収まり、やり遂げて晴れ晴れとした笑顔を見せた。そばで見守っていた彼女のお母さんは、これであんたもついに親になったんだね、と、長い旅を終えた旅人みたいにつぶやいた。

出産に立ち会ったあと、彼にやるべき仕事が与えられた。名前をつけることだった。新生児を前に、腕組みして唸《うな》った。事前に用意していたいくつかの名前候補は、目の前の顔と全く合っていないと思えたので、改めて一から考え直すことにした。産院での短い面会時間のあいだに彼女と相談を繰り返し、彼はついに答えを導き出したのだった。

「訓」。

読みは、くん、と呼ぶ。

かわいい名前だね、あまりほかにない名前だからみんなに覚えてもらえるかもね、と彼女は同意し、新生児に「くんちゃん」と呼びかけた。彼は半紙に筆で「命名訓」と書いた。

アルバムには、彼と彼女のあいだで笑顔をはじけさせる男の子の、1歳ごろの写真が残っている。また、里帰りして病院にひいばあばを見舞った際、ひいじいじに抱かれて写る2歳ごろの姿がある。それらは同じ子のようでいて、決して同じではない。新生児であったものは、あっという間に乳児と呼ばれるものに変わり、そしてまた乳児は、またたく間に幼児と呼ばれるものに変わる。さらに、乳児の間にも無数のステップが存在し、幼児の間にもまた無数の成長の段階がある。子供を「子供」と一口にくくれないほど、目まぐるしく変化してゆく。親はそれら成長の軌跡を、できれば全て覚えていたいと欲するが、日々の出来事に対応するのが精一杯で、ちょっと前はどうであったかなど、驚くほどあっけなく、信じられないほど簡単に忘れ去ってしまう。子供の「今」をあれこれ気にかけ、またあれこれ「未来」を案じるのみだ。

彼と彼女は、子供が大きくなった時のことを考え、家を建て替えることを決心した。設計は彼がした。小さな庭に小さな木の生えた小さな家の周りに、工事用の足場が組まれた。現場監督にカメラをお願いして、いつかの夏と同じみたいに、並んで写真を撮った。

おとうさん、おかあさん、ダックス、そして3歳になった男の子。

このとき男の子は、まだ知らない。

おかあさんのお腹の中の新しい命を。

赤ちゃんの来た日

今にも雪を降らせそうな白い雲が、横浜の空全体を覆っていた。丘の上にあった横浜プリンスホテルはとっくに取り壊され、かわりに目新しいマンション棟がいくつも連なって建っていた。根岸線の車両も、E209系からE233系に替わった。レールも定尺《じょうじゃく》レールからロングレールへと替わり、ガタゴトという音もしなくなった。何事も少しずつ変わっていく。気付かれないように。息を潜めるように。

小さな庭に小さな木の生えた小さな家は、新しく建て替わった。小さな庭は、前後を母屋と離れによって挟まれるような形となった。つまり、かつて前庭であったものが、場所を移動しないまま、中庭に生まれ変わったのであった。オレンジ色の瓦《かわら》は再利用されて、新しい家の屋根にしっかりと置かれてある。その屋根でぐるりと囲まれた中庭に、あの小さな木の姿が見える。

クリスマスも目前の12月のある寒い日のこと、小さな男の子が、背伸びして子供部屋から窓の外を見ていた。幼稚園から帰ってきても名札も外さず、小さな台の上でいっぱいに爪先《つまさき》立ちをしていた。名札には「おおた　くん（太田訓）」と書かれている。

子供部屋の壁には、幼稚園で描いた絵などと一緒に、男の子が生まれた頃からの写真がたくさん貼ってあった。おとうさんやおかあさんと一緒に撮った、笑顔の写真ばかりだ。9月の誕生日の写真もある。男の子は、4歳になってまだ2か月と半分しか経っていない。部屋のフローリングの床には、プレゼントにもらったおもちゃの鉄道車両とプラスチックのレールが、作りかけのまま投げ出してあった。

男の子は、ガラス窓の向こうに軽自動車が通過してゆくのを見送った。おとうさんの運転する赤のボルボ240を待っていたのだ。だがまだ当分やってくる気配はない。白い息がガラスを曇らせて視界を遮るので、手のひらで拭《ふ》く。ガラスに額をくっつけると、暖かい息が鼻からぶおっと吹き出て、すぐ曇ってしまう。あれぇ、なんで？とまた手のひらで拭く。

「……まだかなぁ」

ため息が、またガラスを曇らせた。プリウスが、乾いた音を立てて通り過ぎていった。

ばあばが、スマホに耳を当ててリビングから降りてくる。

「そう。よかった……」

キャビネットには、小さなクリスマスツリーが飾ってあり、アドベントカレンダーは22日まで窓が開いている。ばあばはダイニングのガラス扉を開け、サンダルを履いて中庭を通り抜けた。

「うん。待ってるよ。はーい。気をつけて」

電話を切り、子供部屋のガラス扉を開けた。

「くんちゃん。おかあさん、これから帰って来るって」

台の上の男の子――くんちゃん――は、

「ほんと?」

と、嬉《うれ》しさに目を輝かせた。

ばあばは、くんちゃんの前に目線を合わせてしゃがむ。

「ホントよ。楽しみ?」

「たのしみっ」

くんちゃんは手を広げて台から思いっ切りジャンプし、床に両手をついて、

「わんっ」

と吠《ほ》えた。

「わんわんっ。わんっ。わんわんっ。わんっ」

電車やレールを蹴散《けち》らして、ばあばの周りをぐるぐる回った。おかあさんが帰って

くるのが嬉しくて嬉しくて仕方ない。

「うふふ。まるで子犬ね」

と、ばあばは苦笑し、提案するような口調で続けた。「くんちゃん、赤ちゃんは清潔なお部屋がうんと好き。だからお片付けする？」

「うん」

「自分でできる？」

「うん」

車両やレールを両手に抱え、次々とおもちゃ箱に入れてゆく。

「じゃあおねがい」

「うん」

「ばあば、上にいるからね」

「うん」

くんちゃんは片付けに夢中で、ばあばに一瞥《いちべつ》もくれない。

ばあばは子供部屋を出て、ガラス扉を閉めた。

「ワンワン。ワンワン」

ミニチュアダックスフントのゆっこが、羽根ぼうきみたいなしっぽを振って、掃除機のヘッドに吠え立てている。

予定日より早く陣痛がきて産院に行ってしまったおかあさんに代わり、出産を含め1週間、ばあばが地方から上京して手伝いに来てくれていた。それまでおとうさんが少しずつ新生児を迎え入れる準備をしてきたのだが、ばあばはその時ちょうど風邪をひいていたくんちゃんの看病や、ゆっこの面倒などを見てくれたのだった。ばあばは今一度、ダイニングにざっと掃除機をかけ、念のため、リビングの絨毯《じゅうたん》に粘着カーペットクリーナーをコロコロ転がしてホコリを取り、洗濯済みの肌着の数は充分かを確かめ、もう一度最初から丁寧に畳み直した。畳みながら改めて、まだ新築の香りが残る家の中をゆっくり見回した。

「しかし、おかしげな家を建てたもんだね」

確かにこの家は、普通の一軒家とはかなり違う。傾斜地に家を建てる場合、一般的には擁壁を作り、切土盛土をして平坦《へいたん》な土地にする。しかしこの家は、傾斜した敷地に沿うように段差が作られていた。中庭を含む6つ全ての部屋が、まるで階段のように斜めに連なっているのだった。今、ばあばのいる洗濯機置き場、バスルーム、洗面所が一体になったスペースが、実は最上階である。そこから100センチの段差を降りたところにベッドルーム、さらに降りるとリビングがあり、またさらに降りたところにキッチンダイニングがある。ガラス戸を隔てて一段下がったところに、小さな木が立つ中庭があり、また一段降りると子供部屋がある。100センチの段差が、部屋ごとの仕切り代わりになっていた。ゆえに、ベッドルームから下の子供部屋までを一気に見下ろすことができ、またはその逆に、子供部屋から上のベッドルームを見上げることができた。

しかし、普通の家なら当たり前にあるはずの、部屋ごとを仕切る壁が、この家にはない、ということが、ばあばをなんとも居心地の悪い気分にさせた。

中庭から階段を降りたところに、玄関がある。玄関といっても、木製の分厚いドアがあるだけだ。ここでは靴を脱がず、中庭まで上がってから、ガラス戸の前にあるカーペットの上で靴を脱ぐ、というきまりだった。そういった独自のルールを強いられるところも、ばあばを少なからず苛立《いらだ》たせた。

この「おかしげな」家の設計者は、建築家であるおとうさんだった。

「建築家と結婚すると、まともな家には住めないってことなのかしら」

ばあばは、ほうきで玄関を掃きつつ、

「ねー、ゆっこ」

と、内緒話のように同意を求めた。

あとをついてきたゆっこは、その顔をじっと見て、

「ワン」

と答えた。

「ふうっ」

ばあばは、ゆっこと一緒に玄関から戻って来て、中庭から家中を確認するように見上げた。赤ん坊を迎える準備はこれですべて整った。やれやれこれで一安心、と、子供部屋に降りて扉を開けた。

「……あれ？」

中を見て、唖然《あぜん》となった。子供部屋は、張り巡らされた電車のレールで、足の踏み場もないほどに埋め尽くされていたのだった。

「くんちゃん……。さっきより散らかってるんですけど……」

片付ける、と言ったはずなのに。

くんちゃんは、レールとトンネルに囲まれながら、両手に持った車両を決めかねるように見比べた。

「赤ちゃん、E233系とあずさと、どっちが好きかな？」

「さあて、どっちだろうね」

ばあばは腰に手をあてて、ふうっ、とため息をついてから、中庭を見て聞こえよがしに言った。

「あれ？　ゆっこが、お庭で遊びたそうにしているよ」

「ホント？」

「行ってきなよ」手で誘導して促す。

「行く」

電車を放り出して、くんちゃんは中庭へ駆け出す。

「ばあばが片付けておくねー」

ガラス戸をそっと閉めた。

水色のラインの電車が、踏切を通過し高架に上がり鉄橋を渡っている。

赤ちゃんがここへやって来るまで、もう時間がない。ぐずぐずしていては間に合わない。ばあばは一気に鉄橋を大股《おおまた》でずんずんと跨《また》ぐと、ファーンと警笛を鳴らす電車を両手で鷲掴《わしづか》みにして止めた。

「いそげいそげ……」

たまご形ゴムボールのふたつの目が、じっとこちらを見ている。

その向こう、赤い首輪を着けたゆっこが、じっとこちらを見つめている。

「ハッハッハッ」

物欲しそうな目だ。

「いくよー。はいっ」

くんちゃんが投げると、からし色のゴムボールは空中で弧を描いた。ゆっこが白い息を吐いて追いかける。中庭の壁に不規則にバウンドするボールに少々手こずりウウウと唸《うな》るが、それでもしっかり咥《くわ》えると脇目も振らずに戻って来てくんちゃんの両腕の間に飛び込んだ。

「アハハハ」

中庭の大きさは、くんちゃんの足で測ると、大股で十一歩くらいだろうか。四角い地面には自然に生えた草があり、真ん中に樫《かし》の木が立っている。庭といってもそれだけだ。樫はシラカシという種類で、幹の太さはくんちゃんが両手で抱えられるよりも少し大きいぐらい。定期的に剪定《せんてい》しているので、高さはそれほどなく、屋根から少してっぺんが出るくらいだ。ゆっこは、この樫の木の周りをぐるぐると回るのが大好きで、それと同じくらいゴムボールも、子犬の頃から大のお気に入りだった。くんちゃんはその使い込まれて今や表面がボロボロのボールを構え、

「いくよー。はいっ」

と投げた。バウンドするボールをゆっこが瞬く間に押さえ込んで咥え、白樫の木を回り込んで戻って来た。

そのとき、

「!?」

ゆっこはハッと空を見上げた。

白いものが、ふわふわと、空から舞い降りてくる。

「あ……」

くんちゃんも、空を見上げた。

小さな白い粒が、音もなく落ちて来る。

思わず手が伸びた。だが空気が軽やかに巻いて、指と指の間をすり抜けてしまう。さっきよりももっと背伸びしたが、余計に摑《つか》めない。手を伸ばしたままぴょんと跳ねて、小さな粒のひとつを摑み取った。今度はしっかり捕らえたという手応《てごた》えがあった。その手を大事に引き寄せ、握った手をゆっくりと開いた。が——、手のひらに白い粒はなく、水滴だけがあった。摑んだはずのものはどこへ行ったのか？　行方を探してふたたび空を仰いだ。

「……」

落ちて来る小さな一片《ひとひら》のひとつひとつが、圧倒的な数で空を埋め尽くしている。一体、いまぜんぶで何個が落ちてきているのだろう。ひとつ、ふたつ、みっつ、よっつ……。数えようとして、その途方もなさに、気が遠くなった。じっと目を凝らしているうちに、落ちてくる一片は、ただのぼんやりした白い粒ではなく、透明な6つの角を持つ氷の結晶であることが、ありありと見えてきた。虫眼鏡や顕微鏡で見たわけではなく、肉眼ではっきりと確認できる。極めて小さなその一粒一粒は、どれも同じようでいて、実は全て違う形をしているのです、とEテレで見たことがある。空を覆うぐらいの尋常でない数なのに、同じ形がふたつとないなんて、誰が信じられるだろうか？

くんちゃんは呆然《ぼうぜん》としながら見上げ続けた。うまく言葉を見つけられず、ただ一言、

「……………ふしぎ……」

と、シンプルにつぶやいた。

そのとき不意に、ヴォオン、と、車のエンジンが吹き上がる音がして、ハッと現実に引き戻された。

「あ」

おとうさんの車の音だ。

ゆっこが到着を知らせるラッパのようにワンワンと吠《ほ》えたてる。くんちゃんは駆け出して階段を降りると、子供部屋のガラス扉を勢いよく開けた。

「くんちゃん」

ベビーラックを準備していたばあばが呼びかけるが、それには応えず台に飛び乗り、つま先立って窓の外を見た。鼻息がふーっとガラスに吹きかかり、前が見えない。

「あっ」

素早く手で拭《ふ》いたその向こうに、駐車しようとしているボルボ240の屋根が見えた。何度も前後に切り返している。おとうさんの運転に間違いない。

「来た？」

と、ばあばが訊《き》くが、やはり答えないまま子供部屋を飛び出し、中庭から玄関への階段を降りた。半年前は、お尻《しり》を向けてそーっと足を下ろさないと降りられなかったが、今は、頭より上の場所にある手すりに手をかけて、一段ずつ降りることができるようになった。

「おかあさん！」

いつもよりがんばって早く足を下ろしながら、玄関へ向かって呼びかける。

「おかあさーん！」

すると、
ガチャッ。

「さあお姫さま、着きましたよ」

大きな荷物を持ったおとうさんが、エスコートするように扉を開ける。粉雪が家の中に舞い込んでくる。

くんちゃんは階段を降りる足を止めて、見た。

「あ……」

「ただいま。くんちゃん」

真っ白な服を着たおかあさんが、真っ白なおくるみを抱っこしながら、まるで女神みたいに微笑んだ。

「おかあさん、おかえりなさい……」

くんちゃんは応えるなり、

「さみしかったよう」

と、涙ぐみながらおかあさんの膝《ひざ》にぎゅっとしがみついた。

「カゼ治った？　ごめんね、家にいなくて」

おかあさんは優しい声で、済まなそうに言った。ふと、くんちゃんは顔を上げて、白いおくるみを見た。

「……それ、赤ちゃん？」

「フフ」

「見せて！　見せて！」

くんちゃんは、ぴょんぴょん跳ねてせがんだ。

そうなのだ。

1週間ほど前、おかあさんは、産院に行って来るねと言ったまま家に帰ってこなくなった。代わりにばあばが来て、コンコンと咳《せき》をするくんちゃんに薬を飲ませたり、咳止めのテープを背中に貼ったりしてくれた。おとうさんは産院での様子をスマートフォンの写真に撮って、たびたび見せてくれた。でも、それがどういうことか、くんちゃんには、よくわからないでいたのだった。

籐《とう》で編んだベビーラックの中に、真っ白な毛布が敷かれてある。

おかあさんはその上に、眠る赤ちゃんをそっと寝かせ、それから首に添えていた左手を、起こさないようにゆっくりと引き抜いた。

くんちゃんは、引き寄せられるように、見入った。

赤ちゃんが、細かなレースの飾りのある真っ白な服に包まれ、眠っていた。

驚くほど小さい。砂糖菓子のように、触るとすぐに壊れてしまいそうに見えた。小さい胸が、とても浅く息をしているのがわかる。首を、なんとも不自然な角度で傾げている。その奇妙な感触が、赤ちゃんそのものの危うく儚《はかな》い存在を端的に表しているようだ。くんちゃんはただただ呆然と、息を殺して見つめ続けた。

「……」

おとうさんが顔を上げてこちらを向き、声をひそめて言った。

「くんちゃんの妹だよ」

「……いもうと」

その単語をくんちゃんは、ほとんど生まれて初めて口に出した。

おかあさんが、横目でチラリとこちらを見て、

「かわいい？」

と、問いかける。

何と言ったらいいのか、わからない。

かわいいかといえば、正直、全然思わない。じゃあなんて答えればいいんだろう？

くんちゃんは言いかけ、黙り、また言いかけて、口を閉じ、それから口を開いたまましばらく考え、そしてようやく、ポツリとひとこと、つぶやいた。

「…………ふしぎ……」

中庭の樫《かし》の木に、音もなく雪が降り続いている。

赤ちゃんは、静かに寝息を立てている。

くんちゃんは、人差し指を恐々と近付け、とても小さな手のひらを、ちょん、とつつくと、慌てて引っ込めた。

「そっとね」

と、おかあさんが促す。

もう一度、勇気を出して指を近づけ、そっと触れてみた。やわらかく、ぷよぷよし

ている。そのまま手のひらに自分の人差し指を入れてみる。あまりに小さい五本の指。その爪。その皺《しわ》。まるで精巧な人間のミニチュアに触れているみたいだ。一体、こんなものを誰が作ったんだろうか。

と、その時、赤ちゃんの手がピクッと動いた。

「……!」

びっくりして指を離し、思わず身を引いた。

赤ちゃんは目覚め、まるで夜が明けていくように、ゆっくりとまぶたを開いた。

おとうさんが、おかあさんに囁《ささや》いた。

「起きた。訓をじっと見てる」

「まだ見えてないよ」

「でも、じっと見てる」

くんちゃんは、赤ちゃんに見つめられて、動けなかった。

虚《うつ》ろな瞳《ひとみ》。そこに、自分が映っている。

この奇妙な存在が、こちらを見ている。そのことが、あまりにも不思議でならない。

「くんちゃん。これから仲良くしてね」

おかあさんが言った。

「……うん」

「なにかあったら、守ってあげてね」

「……うん」

まるで上の空のようにくんちゃんは言った。そう言うしかなかった。

それでも、おかあさんは安心したように、

「ありがと」

とニッコリ笑って、おとうさんやばあばと顔を見合わせた。ふたりの口元にも、緊張が解けたように安堵《あんど》の笑みがこぼれた。

床に座り直したおとうさんが、メガネのブリッジに指を当てて、

「ねえ、くんちゃん。赤ちゃんの名前、どんなのがいい？」

と、訊いてくるので、くんちゃんは、ハッと我に返った。

「名前？」

「うん」

「えーっとねー。うーんとねー」

くんちゃんは、籐の籠《かご》の中を覗《のぞ》き込み、そして一言、

「のぞみ」

と言った。なるほど、とおとうさんが腕を組む。

「のぞみ。のぞみか……。なるほどね。うん。悪くないなあ」

「あとねー」

くんちゃんは部屋の隅を見て、さらに言った。

「つばめ」

「つばめ。つばめねえ……」

おとうさんが口の中で繰り返しつつ天井を見上げる。が、どうも腑《ふ》に落ちず、聞き返した。

「つばめ？」

「それ新幹線の名前でしょ」

おかあさんが苦笑して部屋の隅を示した。おもちゃ箱の中に、東海道新幹線のぞみと九州新幹線つばめの車体が見えた。

「ああ、なーんだ」

おとうさんは、笑って立ち上がった。

ダウンのコートを着たばあばが、玄関で靴紐《くつひも》を直している。

「もう少しいてあげられたらいいんだけど、病院にひいばあばも見に行かなきゃいけないし」

お産直後の今が一番、人手が欲しいところだろう。だが、入院中の自分の母――くんちゃんから見たら、ひいばあば――を、いつまでも放ったらかしにしておくわけにはいかなかった。毎日のように病院に通って世話を焼いていたひいじいじが、春先に突然亡くなってからというもの、すっかり元気がなくなってしまっていることが気がかりだった。着替えの交換などは夫に頼んで来たが、それだけでは心もとない。赤ちゃんの写真を見せれば、少しは元気になってくれるかもしれない。

そんなばあばに、おかあさんは笑顔で答えた。

「大丈夫。助かったよホント」

「またいつでも呼んで」

「ありがとうございます」おとうさんも頭を下げる。

「とうさんによろしくね」

「くんちゃん、新幹線でまた来るね」

「ばいばい」

「赤ちゃんもまたね」

おかあさんが、おくるみの中の赤ちゃんをばあばの方に向ける。

「またねって」

横浜の丘陵に、家々の窓の明かりが瞬いている。慌ただしい街のざわめきの中を、ばあばを乗せた水色ラインの車両が東京方面へ向かって行った。これから新幹線に乗り換えると、家に着くのは夜8時を回るだろう。
夕暮れの冬の空は、寒さで彼方《かなた》まで澄み渡っていた。

くんちゃんと赤ちゃん

くんちゃんは、いつもうつ伏せのまま、お尻《しり》を突き出して眠る。

「んん……」

今朝もその姿勢で目を覚ました。

パジャマにカーディガンを羽織ったおかあさんはすでに起きていて、薄暗い寝室のベッドの上で赤ちゃんにおっぱいをあげていた。

「おはようくんちゃん」

「おはようおかあさん」

お尻を突き出したまま、くんちゃんは答えた。

チュッチュッ、と音をたてて赤ちゃんがおっぱいを吸っている。

くんちゃんは赤ちゃんに、お尻を突き出したまま言った。

「おはよう赤ちゃん」

おとうさんが、キッチンの前で張り切っていた。

「フンフンフンフーン」

ワイシャツの上にエプロンを着け、余裕ありげに鼻歌まで歌っている。

しかし果物を切るだけなのに、変にこだわって時間がかかっている。お湯が沸く音に慌ててガスを切り、やかんの持ち手に手を掛ける。が、

「アチチッ」

思いのほか熱かったようだ。手を振って冷やしてから鍋《なべ》つかみで持ち直したその時、オーブントースターがチンと鳴る。急いで駆け寄ると、扉を開いて焦げ目のついたトーストを指でつまんだ。が、

「アチチッ」

要するに、家事に慣れていない。エプロンの結び目も縦になっていて収まりが悪い。

くんちゃんはその様子を、両手に持ったコップを口に当てたまま、怪訝《けげん》な顔で見ていた。なんで？　いままでおかあさんが朝食を用意してくれていたのに。

テーブルの反対側を見ると、パジャマのままのおかあさんが、赤ちゃんにおっぱいをあげながらウトウトと居眠りしている。

くんちゃんはコップを下ろして、おかあさんに言った。

「おかあさん、もっと牛乳」

するとおとうさんがトーストにバターを塗るのをやめて、牛乳パックを持つ。

「はいよー」

「いやっ」

くんちゃんはコップを持ち上げて拒否した。

「おかあさんバナナ」

するとおとうさんが牛乳パックを置いて、果物カゴからバナナを摑《つか》む。

「はいよー」

「いやっ」

くんちゃんは受け取るのを拒否した。

「おかあさんっっ」

気づいてもらえるように両手でテーブルをバンバン叩《たた》いた。

「はいよー」

おとうさんがしゃがんでニコニコ顔を向ける。

その顔をくんちゃんはバチバチと叩いた。

「もうっっ」

「イタタタタッッ」

朝食後、おとうさんは掃除を始めた。

寝室、リビング、ダイニングと上の部屋から、順番に掃除機をかけてゆく。ゆっこが、抜け替わりの毛を撒《ま》き散らしながら吠《ほ》えたてる。ダイニングテーブルの端っこは、おとうさんが設計の仕事をするスペースになっていて、その下も掃除機をざっと往復させる。朝食を作るのと違って、手際がいい。おとうさんがこの家を設計した本人であるから、当然なのかもしれない。無駄なく大胆に進めてゆく。中庭の枯葉は、ほうきを使ってザクザク掃いてゆく。

設計者としてのおとうさんの考えでは、この段差の家は、中庭がまず中心にあって、そこに部屋が接続しているというイメージだ。開口が中庭に向かって開いていて、段差があることによって外に窓がなくても光を取り入れることができる。さらに、下から吹いた風が上へ抜けてゆく構造にもなっている。光と風の両方を生かすため、壁を取り払ってしまった、とも言える。

おとうさんが子供部屋のガラス戸をガラリと開けてくんちゃんの前にしゃがむと、

「掃除機かけるから、おもちゃ広げないで」

と、せっかく繋《つな》げたレールを次々とバラバラにして、おもちゃ箱に入れた。

おとうさんひどい。うなりをあげる掃除機の音に負けないように、くんちゃんは胸いっぱいに息を吸うと、

「おかーあーさーんっっっ」

と、斜め上の寝室の方に向かって大声で叫んだ。声は、中庭、ダイニング、リビングを次々と通り過ぎ、寝室へ達した。

おかあさんは、ベッドの上で赤ちゃんのおむつ替えをしていた。

「はーい、すっきりしましたねー」

駆け上って来たくんちゃんは、地団駄を踏んだ。

「呼んだのに、もうっっ」

「あれくんちゃん、どうしたの？」

たった今気づいたように、おかあさんがのんびりと振り返った。

はあっ。ため息をつくしかない。

おとうさんは玄関までの階段をほうきで掃いた。

無垢《むく》材の玄関扉は、以前の家についていたものを外してこの新しい家に付け替えた。雨風や日焼けで劣化していたが、肌合い《マチエール》が他にはない独特の景色を作り出していた。玄関扉だけではない。特徴的なオレンジの屋根瓦《やねがわら》といい、前の家から引き継いだ材料は多い。リビングからダイニングにかけて並ぶキャビネット扉の合板などもその一例で、丸い時計の跡が日焼けして残っているものを、あえて見える場所に配置した。これらのことは、例えばコスト削減的再利用などでは全くない。

建築家としては、材料を古いか新しいか、では考えない。何も新しいものが全て良いわけではなく、時間が経たなければ得られない材料もあることを知っている。汚い、古い、ではなく、時間によって育つ材料もある、という考え方だ。ちょうど愛着ある古着を長く大切に着るような感覚に近いのかもしれない。

おとうさんは前に住んでいた小さな家をとても気に入っていた。設計者が誰かはわからなかったが、建築そのものとしても気に入っていたし、そこに夫婦で住んだ何年かの時間も気に入っていた。だから建て替えても以前の生活の空気——もっと言えば、短いながらも我が家の歴史——を引き継ぎたかった。まるで時代時代の地層が堆積《たいせき》し、後世に残っていくように、家族の過ごした時間が将来にも垣間《かいま》見えるようにしたい。そのような考えのもとに、この家を設計した。

ただし仕事上では、同じようなことを望むお施主さんはめったにいない。通常の場合、新品の材料で作られた最新の建築を望む。それはそれで当たり前の話だ。

最後に玄関を出て駐車場を掃除した。駐《と》めてある90年式の赤いボルボ２４０も中古で乗り始めてから軽く15年は経っていた。ラジエターを替え、クラッチを替え、その他、数えきれない部品を替えて、今まで乗り継いで来た。大事に長く使う。このこともおとうさんの考え方を表すことのひとつだった。

「おめでとうございますー」

「あ、どうもありがとうございます」

近所に住むママがふたり、太田家に生まれた赤ちゃんのことをお祝いしてくれた。おとうさんは玄関先で、ほうきとちりとり片手にお礼をした。

ショートボブにジーンズ姿のママは、くんちゃんと一緒の幼稚園に通う長男を連れ、抱っこひもで次男を抱えている。出産前までは人形の個人作家だったが、今は中断して主婦に専念していた。もうひとりの、ニットワンピースに長い髪を束ねたママは、保育園に通うベビーカーの中の長男と、ふくらんだお腹の中に来春生まれる予定の女の子がいた。保険会社の事務職で、おかあさんと同じく働きながら子育てをするワーキングマザーだ。ふたりとも家族ぐるみでご飯を食べたりする仲良しで、出産直後のおかあさんの体調を気遣ってくれた。

「かわいいでしょう?」

「いやー。こんなにちっちゃかったかなあ、なんて」

「二人目だし余裕ですよね」

「いや~、上の子の時はどうだったかなんて忘れちゃうもんですね」

「あー」

ショートボブのママが、相槌《あいづち》を打った。

「今回はユミさん、早目に育休切り上げるんですって？」

長い髪のママが訊《き》いた。

「ええ。編集部のお世話になった先輩が産休に入っちゃうので」

「これから旦那《だんな》さんがかわりに、家のことおやりになるって」

「いやいやそんな」

おとうさんはにこやかに手を振って否定した。「ちょうど僕が会社辞めてフリーになるタイミングだったんで。まあ、家で仕事する合間に家事をやるってだけですけど」

ママたちは互いに目を合わせたあと、驚いたような顔を見せた。

「えーすごーい」

「いやいやいや」

「立派なもんですよー」

「いやいやいやいや」

「なかなかできるヒトいないですってー」

「いやいやいやいやいや」

ママたちに褒められて、恐縮しつつもおとうさんは満面の笑みだった。

だから、

「フンフンフ～ン」

昼食を準備しながらもニヤニヤが止まらず、つい鼻歌が出てしまう。調子よく乾麺《かんめん》のうどんを沸騰した鍋《なべ》に投入し、料理人みたいに軽く菜箸《さいばし》でかき混ぜてフタを閉める。

その様子を、授乳中のおかあさんは、スマホ片手に冷ややかな目で見ている。

おとうさんが振り返り、やっとその目線に気付いた。

「……え？　なに？」

「べつに」

「気になるなぁ。なになに？」

「じゃあ言うけどさ」

「うん」

「前から好きだよね。ほかのお母さんの前で〝優しいお父さん〟の顔をするの」

「……え？」

おとうさんは顔が引きつったまま、動けなくなってしまった。

「でもね、見透かされてるんだよ」

「……」

そのとき、突然ブシャアッと、うどんを茹《ゆ》でていた鍋が盛大に吹きこぼれ、床までびしょびしょになった。

「ああっ」

慌てて手近のふきんで床を拭《ふ》こうとすると、

「それテーブル拭くふきん」

「ああっ」

ぞうきんに替えて拭いた。

おかあさんは、授乳を終えた赤ちゃんを抱いたまま、真剣に言った。

「わたし、3月から職場復帰するんだから、カッコだけじゃなくてちゃんとやってもらわないと、絶対に回っていかないからね」

「……はい」

「前みたいにわたしひとりじゃ、もう無理だからね」

「……はい」

おとうさんがテーブルの下から半分だけ顔を出し、消え入りそうな声で返事をした。

「くんちゃんねえ、いろんなこと、いっぱいしてあげる」

ベビーラックの籐《とう》の縁に頬を擦《こす》りつけて、くんちゃんは赤ちゃんを見つめた。

ふわぁ、と、赤ちゃんが、小さな口をいっぱいに広げてあくびをする。

頭の中で、風そよぐ高原の丘にふたりでお出かけしたつもりになってみた。

「一緒にお散歩して、虫の名前を教えてあげます」

空いっぱいに乱れ飛ぶ、棒状の体に透明な二対の羽根を持つ大きな目の昆虫を指差した。「トンボ」

ふぅっ、と、赤ちゃんが目を開いた。

「あと、雲の形が何に見えたか、知らせてあげます」

もくもくと湧き上がる白い雲を指差す。その形が、8本足で尾に毒針があり手がハサミの節足動物にそっくりだ。「サソリ」

ひっく、と、赤ちゃんは小さくしゃっくりした。

「それから――」

すると、

「外に出るのはまだ早いな」

ダイニングからおかあさんが口を挟んだ。「もう少し大きくなったらね」

くんちゃんはハッと我に返ると、唇をとがらせて返事した。

「はーい」

ベビーラックから離れ、リビング下の絵本が並ぶコーナーから一冊を引っ張り出した。表紙にはいかにもな手書き文字で『ふしぎな裏庭』とある。いかにもな庭の木の前で、いかにもなパジャマを着た少年が、いかにもな中世の衣装の少女と手をつないでいる。英米児童文学を風味だけ真似したような薄い内容が伝わってくる。それをくんちゃんはポイと投げ捨て、かわりに別の絵本を引っ張り出すとすぐにベビーラックに駆け戻って、赤ちゃんに表紙を見せた。

「『オニババ対ヒゲ』」

赤ちゃんはびっくりしたように、目をぱちくりしている。

「オニババは顔をまっかにして怒ると、ヒゲを追いかけました」

くんちゃんは思いつくままにお話をつくりながら、赤ちゃんの体の周りに電車のおもちゃを次々と並べた。

「ヒゲはさらりとよけると、E235系山手線《やまのて》に飛び乗りました」

鉄道カードを赤ちゃんの足の指のあいだに一枚ずつはさんでいく。

「オニババはE233系京浜東北線に乗って追いかけました。ところが……」

そのとき、おかあさんがリビングにぐいっと上がって来て、ぐいっと近づき、ぐいっとこちらに手を伸ばし、

「や・め・て！」

勢いよく赤ちゃんを奪い去った。足の指のあいだからカードがパラパラと落ちた。

「赤ちゃんのお昼寝の邪魔しちゃダメよ」

と、言い残して階段を下りていった。

くんちゃんは腹立たしそうにベビーラックを揺すった。

「もうっ」


キッチンでおとうさんが、及び腰でミルクをつくっている。

母乳パッドを胸に当てたおかあさんがそばで見ていて、「正確に分量を量って」とか「泡立たないように」とか事細かく指導している。仕事復帰のことを見越して、今からおとうさんに慣れておいてもらうためだ。ミルクを自分たちの腕に少量垂らし、適正な温度を確認し合う。

「このくらい？」

「このくらい」

いよいよ授乳。全く初めてのおとうさんはダイニングのテーブルの端に座って深呼吸すると、おかあさんから赤ちゃんを受け取って脇に抱き、恐々とした手つきで哺乳《ほにゅう》瓶を持った。すかさずおかあさんの指導が入る。

「縦に」

「あハイ」

おそるおそる乳首を赤ちゃんの口に入れる。

「もっと」

「もっと？」

「ぐっとつっ込む」

「ぐっと？」

「奥まで」

「お、奥？」

「そう」

「新生児こわい」

「ちゃんとくわえさせないと、空気入っちゃう」

前のめりに教えるおかあさんと肩に力の入ったガチガチのおとうさんは、目の前の赤ちゃんに必死だ。うしろでくんちゃんが「おかあさん」とか「おとうさん」とか呼んでもぜんぜん気付かない。いや、もちろん聞こえているのだけれど、今はそれどころではないのだ。

「あんまり飲んでくれない」

「貸して」

おかあさんが赤ちゃんを受け取りやってみせる。「もっとこう――」

「わっ、吸い込み全然違う」

「飲み終わったらげっぷさせて」

と、おかあさんは赤ちゃんを戻す。おとうさんは言われるまま背中をトントンとやる。やるのだが、

「げっぷしないよぉ」

「がんばって。何事にも最初はあるんだから」

青い顔のおとうさんをおかあさんが励ます。とにかくやってもらわないと、この先どうしようもないのだから。

「おーとーうーさんっ。おーかーあーさんっ」

くんちゃんが後ろで背伸びして叫んでも、いっぱいいっぱいの二人には届かない。

その様子を階段の下でゆっこが冷ややかな目で見ていた。

午後の日射しで、テントの影が長く伸びている。

ひとりになりたいときはいつも、子供部屋の隅にあるこのテントに籠《こも》る。赤と黄色のサーカス小屋みたいなテントだ。くんちゃんはそこから顔だけ出して俯《うつむ》いている。明らかに暗い目つきで唇をとがらしている。思っていることが顔に出るほうなのだ。

壁には、絵やお手紙や押し花などの中に、マスキングテープで貼られた一枚の写真がある。3歳ごろ、おとうさんとおかあさんのあいだで笑顔を見せる、幸せだった頃

のくんちゃんの写真だ。

今は幸せじゃない、と、くんちゃんは思う。

なんで幸せじゃないのか……。

赤ちゃん——。

くんちゃんは、何事かを決意して、ぱっとテントの中に顔を引っ込めた。


「肌着はこっちの洗剤を使って」

おかあさんがバスルームにある洗濯乾燥機の前でおとうさんに説明している。

「くつ下は？」

「くつ下も」

その様子を密《ひそ》かに見ていたくんちゃんは、そっとその場から離れた。いつもと様子が違う。シリアスな表情。企《たくら》みを孕《はら》んだ目つき。パーカーのフードをかぶった姿。フードの縁にぴったりとフィットした丸い顔。

怪しい。小さな忍者みたいだ。

リビングへの階段を、音を立てないようにそっと下りた。抜き足、差し足。見つからないかドキドキする。緊張しすぎて階段を踏み外す。あっ、と思わず声を漏らす。あわてて口を両手で押さえる。大丈夫か……？　うん大丈夫。気づいていない。ふたりとも洗濯に夢中で、他のことが目に入っていない。

リビングに置かれてあるベビーラックを見て、ゆっくりと近付いた。

しゃがんで、鋭い目で見る。

中に赤ちゃんがいる。わずかな寝息をたて、眠っている。

バカめ。危険が迫っているとも知らず、安心しきっているとは。

無防備な寝顔へ、両手を伸ばした。広げた指が、緊張で小刻みに震える。

「……」

親指と人差し指で、赤ちゃんの両耳を引っ張った。

柔らかそうに、びよーんと伸びた。

ゾウさんみたいだ。その間抜けさに、つい笑ってしまう。

「……フッ」

続いて、ほっぺを引っ張った。

もちのようにむきゅーっと伸びた。

「ぷぷっ」

またしても笑える。

ほっぺをむきゅっむきゅっむきゅっと何度も引っ張った。

「クックックックックッ」

笑えてしょうがない。

ほっぺを両側からむにゅーっと押すと、タコさんみたいな顔になる。

「アッアッアッアッ」

おもしろくてたまらない。

声が出そうになるのを手で押さえて必死に押し殺す。

人差し指で小さな鼻をきゅーっと押すと、ブタさんみたいな顔だ。

「アッアッアッアッアッアッアッアッ」

おかしくて涙が出そうだ。

そのとき、

「ううう……」

赤ちゃんの顔が急に歪《ゆが》み、珠《たま》のような大きな涙がふくらむと、

「……びぇえええええええんっっ」

と、いっぱいに声を張り上げて泣いた。涙の粒が次々と頬を伝って、ポタポタ落ちていく。くんちゃんは動揺した。待って。そんな声を出したら見つかっちゃう、と思ったときには、

「どうしたのっ？」

バスルームから走って来たおかあさんがもう後ろにいた。

「あっ」

くんちゃんは泣く赤ちゃんを背中で隠そうとするが、無論、隠せるはずもない。おかあさんが張りつめた声で詰め寄ってくる。

「くんちゃん何したの？　仲良くするって約束したじゃない」

「仲良くできないの」

くんちゃんは首を振った。

「お願い。赤ちゃんを大事大事して」

懇願するように迫るおかあさんに、何度も首を振る。

「できないのっ」

「ねえおねがいっ」

「できないっっ」

「くんちゃんっっ」

辛《つら》そうに固く目を閉じ、一言ずつ大きな声で訴えた。

「でっ・きっ・なっ・いっ」

くんちゃんはローテーブルの下にあったドクターイエローを衝動的に掴《つか》むと、次の瞬間、赤ちゃんに向けて大きく振りおろした。

「！」

おかあさんは顔を覆って愕然《がくぜん》とした。

ガツン。

頭を叩《たた》かれた赤ちゃんは、最初何が起こったかわからないようにぼーっとしていたが、やがて目の端にみるみる涙があふれ、まるで火が点《つ》いたように激しく泣き叫んだ。

「ぁぁぁぁあああああああああっ」

「なにすんのっ」

おかあさんが反射的にベビーラックに手を伸ばし、その勢いでくんちゃんは突き倒されてしまった。

「あっ」

「生まれたばっかりなのに信じられないっ」

赤ちゃんを守るようにして抱いたおかあさんのつり上がった目を見て、くんちゃんは今、なにか大事なものを手放してしまったのだと直感した。そしてそれはもう取り返しの付かないことなのだと悟ると、フードが外れた顔をくしゃくしゃに歪めた。涙と鼻水が堰《せき》を切ったように溢《あふ》れ出て、床に倒れ込むと、ひっくり返った草亀のように手足をバタバタさせながら、金切り声を上げた。

「……ぅぅぅわあああああああっっ」

耳をつんざくようなその声のうるささに赤ちゃんはなおさら泣き、

「あああああああっ」

リビングに駆け上がってきたゆっこも遠吠《とおぼ》えし、

「わお〜ん、わお〜〜〜んっ」

おとうさんはただ呆然《ぼうぜん》と生唾《なまつば》を呑《の》みこむだけだった。

「……ごくっ」

おかあさんがぎろりと振り返り、

「見てないでちょっとっ」

「あっ、はい」

おとうさんに赤ちゃんを渡すと、もがくくんちゃんの上半身を両手で押さえ込んで動けなくした。歯磨きの最後に磨き残しがないかチェックするのと同じポーズだ。

「訓、赤ちゃんのおにいちゃんでしょ？」

グチョグチョの泣き顔でくんちゃんは答える。

「おにいちゃんじゃないの」

「おにいちゃんなのっ」

「おかあさんもおかあさんじゃないっ」

「じゃあ何だっていうのよ」

「オニババ、オニババアっ」

「な……な……」

おかあさんの顔がみるみる怒りで赤くなってゆく。ギザギザの歯とおでこの波波のシワと、ちょっとツノのある、『オニババ対ヒゲ』の、オニババそのものの顔だ。

「なにぃ〜〜〜っ！　ぁあっ？」

「わ〜〜んっ」

くんちゃんは号泣するとおかあさんの手から脱出して、おとうさんの膝《ひざ》に抱きついた。

「おとうさ〜んっ」

が——、
泣き止まない赤ちゃんを抱っこしてぐったりのおとうさんは、いっぱいいっぱいの青い顔で、

「おお〜よしよし〜、いい子いい子〜」

と、ゆらゆら揺れながら奇妙な唄《うた》を小声で歌っている。

「泣かないで〜、泣かないで〜」

青い顔のまま小声で歌い続けている。

今のおとうさんには頼れない。くんちゃんは、その場から走り去った。

「もうっ」

そのとき、激しく泣いていた赤ちゃんがふっと泣き止み、目をいっぱいに見開いた。

「……！」

赤ちゃんは、一体、なにを見たのか――。

愛を奪われた男

くんちゃんは泣きながらダイニングに下りてくると、重いガラス扉を力任せに押し開けた。

「ひっく……ひっく……ひっく」

中庭に出る踊り場で靴を履き、階段を下りたところでよろけて倒れ、鼻面を地面に打ち付け、痛さとみじめさにまた泣いた。

「……うわあああんっ……」

しゃくりあげながら言葉にならない言葉をごにょごにょと吐いた。

「ぬんなん、ななにゃんぬにくないの」

なんと言っているかわからない。明瞭《めいりょう》な言葉に置き換えると、

「くんちゃん、赤ちゃん好きくないの」

だった。

すると、

「クククククク……」

どこからともなく声がした。笑いを嚙《か》み殺すような、引きつった声だ。

誰？

しかしよく考えると、ここは中庭である。家の中にはおとうさんとおかあさん、それと赤ちゃんしかいない。他人がここに入り込むことはないはずだ。にもかかわらず、明らかに聞いたことのない中年の男の、低い声だった。声の主は笑い声に続けて、こう言った。

「クククク……無様ですなあ」

「……え？」

くんちゃんが振り返ると、白樫《しらかし》の木が一本立っているだけの小さな中庭のはずなのに、全く別の光景に置き換わっていた。

そこにあるのは廃墟《はいきょ》と化したゴシック様式の古い教会の跡だった。屋根は落ちて天井がなく、両脇の崩れかけた壁に開いた尖頭《せんとう》アーチ窓に、びっしりと蔓《つる》が絡みついていた。まるで忘れられた遺跡のように。しかしそれでいて、石の敷き詰められた地面の中心から水が滾々《こんこん》と湧き出す低い円形の噴水があり、またそれをぐるりと囲むように品の良い木製のベンチもしつらえてあった。

庭――。そう、これもまた庭であるのだろう。

そのベンチに、足を組んで座る男の姿があった。尖頭アーチ窓から何層にも差し込む光のせいでよく見えないが、声の主であるらしい。男は立ち上がり、噴水を回り込んで、俯《うつむ》き加減にこちらへゆっくりと歩いて来た。

「今のあなたの気持ちを当ててみましょうか。ズバリ、嫉妬《しっと》です」

「しっと？　しっとってなあに？」

近づくにつれ男の様子が見えてくる。ボサボサの髪に明るい茶色のガウン、赤いネクタイに七分丈のパンツ、威丈高な口調と不精髭《ひげ》。ちぐはぐな印象が没落した貴族を思わせる。

「今までおとうさんとおかあさんの愛を独占していたのに、何の前触れもなく突然やって来たちっこい奴に、ふたりの愛を根こそぎ奪われてしまった……。手を上げたら叱られるのはわかっている。でも、どうしても我慢できずにやってしまった……」

男は立ち止まり、悠然とくんちゃんを見下ろして皮肉っぽく笑った。

「フフン。図星でしょう」

「……だあれ？」

「王子様ですよ」

「王子様？」

「そう。この家の。あなたが生まれる前のね」

とても王子様には見えない。何を言っているんだこの人は。くんちゃんは小首を傾げた。なのに男は、

「さあ、王子の御前ですよ。ひざまずきなさい」

と促すように手を広げてみせる。

「……」

くんちゃんは素直にひざまずいた。

男は、甘美な思い出に浸るように胸に手を当てた。

「おとうさんとおかあさんは、私のことをそれはそれは大事にしてくれました。いつもそばにいてくれて、おまえはホントにかわいいねえ、と優しく頭を撫《な》でてくれたものです……。ところがっ」

と突然大声を出すと、責め立てるようにくんちゃんの周りをぐるぐる回った。

「あなたがやって来てからというもの、私はどんどん隅に追いやられ、食事も好きな味から特売のものに変わり、一日に少しのおやつもなく、褒められもせず、気にもされず、なにかといえばしかられてばかり……」

嘆きつつ立ち止まってから、首が折れそうなほどにがっくりとうつむいた。

「……その時、私は悟ったのです。愛を、奪われてしまったのだ、と……。それがどんなに悔しく、みじめで辛《つら》かったことか、あなたにわかりますか？」

「わからない」

くんちゃんは即答した。

「わからない？」

男は目ん玉をかっ開いて迫った。

「わからないですって？　ああそうですか、まあいいでしょう。でもね、他人事《ひとごと》じゃあない。いずれあなたもこうなる日が近いのですよ。いい気味です」

わめき散らすと、プイッとあっちへ行ってしまった。

今の話は、さすがにくんちゃんも受け止めざるを得ない。赤ちゃんの出現で不安に思っていた気持ちを、見事に言い当てられたみたいだった。しかしこの人は、どうしてそんなことが言えるのだろうか。この男の人は一体何者なのか。ひょっとすると、もしかして、もしかすると……？

「あ」

ちょうどうつむいた先に、たまご形のゴムボールがあった。そうだ、これで試してみよう。

「……ん？」

男が気づいて振り返ると同時に、くんちゃんは早いモーションでボールを投げた。

「はいっ」

「あっ」

弧を描いて飛ぶボールを男は反射的に追いかけ、複雑なバウンドを物ともせず素早く捕まえると、あっという間に戻って来て、

「はい」

と差し出した。

くんちゃんは、男と手の上のボールをじっくりと見比べた。そしてまたボールを摑《つか》むと別方向に投げた。

「はいっ」

「あっ」

男はサッと拾ってサッと戻り、

「はい」

と差し出した。

くんちゃんは男の正体を悟って、ニッコリと笑った。

「え？」

男は、その笑顔の意味を測りかねるように見た。

くんちゃんはボールを思い切り上空いっぱいに放った。男があぁっと仰いでボールの落下を待ち構えているあいだに、サッと腰を落として茶色のガウンの下をくぐった。

予想通り、男の尻《しり》には、見覚えのある羽根ぼうきみたいなしっぽが生えている。

「やっぱり」

ゆっこだ。間違いない。くんちゃんはそれを躊躇《ちゅうちょ》なく両手で掴み、しゃがむ勢いに合わせて一気にズルッと引っこ抜いた。

「わっ、なにするのっ？」

男が異変に思わず尻を押さえて振り返った。ハッと見ると、くんちゃんが手に持っているのは、なんと自分のしっぽである。

「ああっ⁇　やめてっ。やめ……」

くんちゃんは狙いを定めると、自分のお尻にしっぽを突き刺した。

とたん――。

ビリビリビリ、と電気が走るような奇妙なゾクゾクが足元から背骨を伝って一気に駆け上がり、頭のてっぺんの髪の毛の先まで到達すると、ぴょこんと長い耳が勢いよく生えた。頬にひゅんひゅんと長いヒゲが飛び出した。鼻が黒くて丸形になった。両手を地面につけてパッと顔を上げると、

「わんっ」

と吠《ほ》えた。くんちゃんは、犬になっていた。

男（つまりしっぽのないゆっこ）は、なす術《すべ》なく硬直したまま動けないでいた。そ

こへさっき放ったボールがやっと落ちてきて、男（つまりゆっこ）の頭に落ちた。それをきっかけにようやく我に返った男（ゆっこ）は、

「返してっ」

と飛び掛かってきたが、くんちゃんは小型犬特有の身軽さでひょいと避《よ》けると、猛然と駆け出した。ゆっこは石畳に顔面を打ちつけた痛みもかえりみず、必死の形相で追いかけた。

「待ってっ。しっぽ返してっ」

「アハハハハハハハハッ」

くんちゃんは、自分が犬に変身してしまったというおかしさに耐えきれず、嬉《うれ》しくて庭園中をいっぱいに駆け回った。円形の噴水のまわりをぐるぐる回って逃げるくんちゃんを、ゆっこはぐるぐる回って追いかけた。小型とはいえ全速力の犬の走りを、人間の脚力でなかなか捕まえられるものではない。

ダイニングのガラス扉に、仕事をするおとうさんの姿が見える。こちらの騒動にはまるで気付いていない様子だ。白樫《しらかし》の木のまわりをくんちゃんとゆっこが騒ぎ立てながらぐるぐる回っていても、ぜんぜん気づく気配はない。

「わんわんっ。こっちだよっ」

「ふざけないで返してっ」

ゆく。

「いやぁだ。もっと遊ぶっ」

くんちゃんは階段を上り、んんんっ、とダイニングの扉の隙間に鼻面をねじ込んで

「あっ」

ゆっこが慌てて白樫の幹に隠れた。しっぽのない姿を家人に見せるのにひどく抵抗があるようで、懇願するように木の陰から手を伸ばすのが精一杯だった。

「ああっやめてっ」

構わずくんちゃんは家の中に入ってダイニングの床をめちゃめちゃに駆け回った。

物音におとうさんは仕事の手を止めて、テーブルの下を覗《のぞ》き込む。

「なんだなんだ？　ゆっこ」

おとうさんはくんちゃんのことを、ゆっこ、と呼んだ。もう一度呼ばれたくて、キャビネットへ上りミニクリスマスツリーに体当たりして落っことした。おとうさんが顔を歪《ゆが》めて立ち上がる。

「おいっゆっこ。ああっ、何してんのも〜っ」

ボクのことをゆっこだって。あははは。

くんちゃんは絵本を蹴《け》散《ち》らしてリビングに駆け上がってゆくと、赤ちゃんに添い寝していたおかあさんが上半身を起こして、

「ゆっこ」

と呼んだ。まただ。おかあさんもボクのことを、ゆっこと呼ぶ。

「どうしたのゆっこは？」

上がってきたおとうさんも、あっけに取られている。「さあ？」

ソファに駆け上がり、みんなを見下ろした。

「くんちゃん、ゆっこだよっ」

それに応《こた》えるように赤ちゃんが声を上げた。

「あー」

くんちゃんは、ゆっこと呼ばれることが楽しくて仕方がなかった。自分じゃない別の何かになるって、なんて楽しいことなのだろう。解放され、晴れ晴れとした気持ちになった。

反対に自分自身を奪われてしまったゆっこが、ガラス扉の外から哀しげに顔を歪めて見つめていた。

「頼むから返してよー」

陽はすでに傾いていた。庭は、いつの間にか元に戻っていた。

「クーンクーン」

犬の姿のゆっこが、自分のしっぽを愛《いと》おしそうに舐《な》めながら、恨めしそうにくんちゃんを睨《にら》んだ。だが、くんちゃんは全く意に介さず、

「わんわんっ」

とゆっこの真似を繰り返している。そのご機嫌な様子におとうさんとおかあさんは、少々の呆《あき》れ顔をしている。

「さっきまで赤ちゃん返りで暴れていたのに、もうこれだもん」

「頑固者のくせに切り替えが早いんだから」

「赤ちゃん返りじゃなくて、ゆっこ返りなの」

「じゃあ、ゆっこの言ってることわかるの？」

くんちゃんは、ふて寝しているゆっこの代弁をした。

「うん。もっとおいしいドッグフードが食べたいよー、って言ってるよ」

「ちーっ。そっか。わかった。じゃあ今から新しいの買ってくるかな」

おとうさんは苦笑交じりに立ち上がった。ゆっこは見上げて目を輝かせた。

「わんっ」

買ってきた新しいフードは、ゆっこの好きな味だったようで、皿を置くなりすぐに平らげてしまった。おとうさんはそれを見届けて、人間のほうの夕食の準備をした。

メニューはマグロのお刺身とソーセージのスープ。くんちゃんはふたつとも好物だったので、大いにはしゃいだ。その姿におかあさんもホッとしたように笑った。

夕食を終えるとみんなでお風呂《ふろ》に入った。おかあさんは、赤ちゃんの入浴をおとうさんに頼んだ。おとうさんは、ベビーバスの中で赤ちゃんの首を片手で支え、ガーゼで恐々と首の周りや手足のしわの間を洗った。湯船の中からおかあさんは、あれこれと手順を細かく伝えた。くんちゃんはバスタブに並べたコップの湯を入れ替えたり、魚形の木のおもちゃを浮かべたりして遊んでいた。

お風呂から上がって新しい肌着に着替えさせた。おっぱいを飲むと、赤ちゃんはすぐに眠った。くんちゃんも今日は疲れたのか、電車のおもちゃをそばに置いたベッドの上で、すぐに寝息を立てた。

段差の家に、やっと静かな時が訪れた。

薄暗くしたダイニングで、パジャマ姿のおかあさんは、バターナイフでたい焼きにバターを塗ると、両手でハフッと口に入れて、もぐもぐと頰を膨らました。

「んー。は〜っ、しあわせ」

首にタオルを掛けたおとうさんは、不安げな表情でパソコンに向かっている。

「これからホントに君の代わりが務まるのかな？」

「ミルク飲んでくれないから？」

「僕が抱いても全然泣き止まないのに、君は抱いただけでピタッと」

「うまくいかなくて当然だよ。くんちゃんの時は何にもしなかったんだし」

その言葉におとうさんはハッとして手を止め、それから済まなそうにパソコンを閉じた。

「ごめん。仕事に逃げてました」

「そのくせわたしの顔色ばっかりうかがって」

「ハハ、最悪な父親だね」

と、冷や汗で笑顔が硬直したまま、申し訳なげに首のうしろをさすった。

「男の人は、赤ちゃんに興味ないんだ、って思ってた」

おかあさんは、思い出すようなまなざしで言った。あのときは本当にきつかった。

本当に……。

「あ、でも、興味出てきた」

「え？　ウソでしょ？」

おとうさんは突然、元気いっぱいの笑顔をつくり、力持ちみたいに握った両手を上げ下げしてアピールした。

そのへんてこなポーズに、おかあさんはあっけにとられた。

「ホントホント。すごーくでてきたぞー」

「絶対ウソでしょそれ」

苦笑するおかあさんにわざと誇示するように、おとうさんは続けた。

「ほらっ。ハハハ。ほらっほらっ」

「ハハハ……」

ふたりして笑いあった。

「あ」

不意におとうさんは手を止め、自分のスマホに何か書き込んだ。

「え？ なに？」

「今思いついたんだけどさ」

すぐにおかあさんのスマホが振動する。おかあさんは手に取ると、じっと画面の文字を見つめた。

「どう？」

「うん……。いいね」

「道しるべ、っていうかね」

「うん。いいと思うよ」

ふたりは、ずっとそれぞれの画面を見つめ続けた。

くんちゃんは、うつ伏せのままお尻《しり》を突き出して眠る。

「んん……」

今朝も、その姿勢で目を覚ました。

ムクリと起き上がり、寝室を見回す。

が、誰もいない。

「……」

パジャマ姿のまま眠い目をこすって、リビングの階段を降りた。

「おはようくんちゃん」

赤ちゃんを抱いたおかあさんが迎えた。

「おはよう」

朝ごはんを支度中のおとうさんが、いったん手を止めてやってくると、

「ねえ、うしろ見てごらん」

と促した。

「……?」

アドベントカレンダーの上に半紙が貼ってあり、毛筆で何か書いてある。

「何て書いてあるの?」

「命名、未来《みらい》」

「ミライ？」

おとうさんがくんちゃんの両肩に手を置いて、赤ちゃんのほうを向かせた。

「赤ちゃんの名前は、ミライちゃんだよ」

くんちゃんは、おかあさんの腕の中でむっつりとした顔で眠る赤ちゃんを見ながら、慎重にその名を口にした。

「……ミライ、ちゃん？」

赤ちゃんは、まるで呼ばれたように、ふっと目を覚ました。

それまで名前のなかったものに、新しく名がつけられる。名付ける、とは、新しい力を分けてあげるようなものなのだな、と、くんちゃんは思った。それにしても、なんと不思議な響きの音だろう。ミライ、ミライ、ミライ……。何度も頭の中で反芻《はんすう》した。

くんちゃんはニッコリ笑うと、もう一度その名を口に出して呼んでみた。

「ミライちゃんかー」

そして、付け加えた。

「へんな名前」

赤ちゃんは、むっつりした顔のままくんちゃんを横目で見た。

おひなさま

「よいしょっと」

おとうさんが、大きなダンボール箱の中からいくつかの小さな箱を取り出して、ダイニングテーブルに並べた。おかあさんは、キャビネットの上に華やかな人形を飾りつけている。去年はクリスマスツリーがあった場所だ。

くんちゃんは階段から、興味津々で見ていた。

「それなあに？」

「おひなさま。女の子のお祝い」

「おいわい？」

赤ちゃんを寝かせるバウンサーに、ミライちゃんが揺れている。

おとうさんが、小さな箱から和紙に包まれた三宝や菱台《ひしだい》を取り出しながら説明した。

「すこやかに育ちますようにってお祈りすることだよ」

「ほおおっ」

くんちゃんが奇声を上げてキャビネットに上ろうとするのを、おかあさんが阻止する。

「やめて。ミライちゃんのだから触っちゃダメ」

「くんちゃんも欲しい」

「くんちゃん男の子でしょ」

と、抱っこして、おひなさまから遠ざけた。

「ハッハッハッハッ」

ゆっこもおひなさまの匂いをジャンプして嗅《か》ごうとしたが、早足でやってきたおとうさんに引き剝《は》がされてしまった。

「ゆっこも触んない。男の子でしょ」

「クーン」

ミライちゃんが誕生したことで、おとうさんとおかあさんは新しくおひなさまを購入することを決めた。デパートや専門店に足繁く通い、吟味に吟味を重ね、ようやく選んだ。男雛《おびな》と女雛《めびな》だけの親王飾りで、設置した2月中旬から太田家のダイニングを華やいだものにしていた。収納用ダンボール箱は、じゃまにならないようリビングの隅に置かれた。

3月3日を迎えた。桃の節句と言われるが、花の少ない季節である。おかあさんはやっと見つけてきた菜の花とボケの花を花瓶に挿し、来客を迎える準備をした。柔らかい日差しの中、根岸線をE233系がやってくる。程なくして呼び鈴が鳴った。田舎からじいじとばあばが、ミライちゃんの初節句のお祝いにやって来てくれたのだった。

「やーどうもどうも」

「いらっしゃい」

「横浜はあったかいねー」

ふたりは旅装のまま、バウンサーに顔を寄せた。

ミツバチのおもちゃを手にしたミライちゃんが、ふわああ、と大あくびをする。

「かわいい。やっぱり女の子は男の子と違って、服の着せがいがあるね」

「もう3か月か。早いなあ」

「体重、生まれた時の倍だもん」

おかあさんが、紙袋の中の土産を確認しながら言った。

ばあばは振り返って訊《き》く。

「首すわった?」

「うん、もうほとんど」

じいじはタブレットを構え、動画を撮りだした。

「ミライちゃ〜ん、じいじだよ〜。ミライちゃ〜ん」

呼びかけに応《こた》えるようにミライちゃんは、ミツバチのおもちゃを「あ〜」と振ってみせる。

すると突然、くんちゃんが画面に割って入ってきた。

「わっ」

「くんちゃん、邪魔しないで。これひいばあばに見せるやつだから」

じいじは軽く諭すと、再びミライちゃんの撮影を続けた。

「ミライちゃ〜ん」

「くんちゃんのビデオも撮って。撮ってっ」

今度は腕を引っ張って撮影を邪魔してくる。

「わかったわかった」

くんちゃんは得意げに片足を上げてポーズをとる。仕方なくじいじはそれを撮った。

が、カメラは自然とミライちゃんの方にPANしていく。

「ミライちゃ〜ん」

「くんちゃんのビデオ撮ってっ」

とまた腕を引っ張る。

「はいはい」

と片足上げたくんちゃんを撮るのだが、やっぱりひとりでにカメラはPANしてミライちゃんの方に向いてしまう。

「ミライちゃ〜ん。……ん？」

右手にデジタルズームすると、手のひらに赤い染みのようなものがある。じいじはタブレットを下げ、ミライちゃんの小さな手を開いて直接見た。

「あれ？　これ、あざ？」

「え、どこ？」

ばあばも覗《のぞ》き込む。

「ここ」

「あらほんと」

手のひらの親指の付け根から手首にかけて、比較的大きな面積で、はっきりとした赤いあざがあった。おかあさんが仕方ないようにため息をつく。

「それ生まれた時から」

「ちゃんと診てもらった？」

「うん。でも消えるか残るかわからないって」

「そう。残るとあとで本人が気にしちゃうかもね」

「うーん」

声を潜めて話し合う大人たちを、ミライちゃんはそれぞれに見比べるようにした。

日が暮れて、おとうさんがダイニングテーブルに大皿を置いた。錦糸卵《きんしたまご》に木の芽、イクラとマグロを載せた華やかなちらし寿司《ずし》。お椀《わん》は木の芽と鞠麩《まりふ》を盛りつけたはまぐりのお吸い物。準備が整い、みんなで祝い膳《ぜん》を囲んだ。

「おつかれさまです」

支度を終えて座るおとうさんに、じいじが労をねぎらった。

「いやいや、ユミちゃんが用意したのを出してるだけで」

じいじがビールを注ごうとする。

「ままま」

「あ、どうもスミマセン」

「お祝いに呼んでもらって喜んでるんですよ」

「いつでも来てくださいよ」

じゃ、とグラスを鳴らした。

その横で、ばあばとおかあさんがくんちゃんに解説している。

「女雛《めびな》と男雛《おびな》は、夫婦」

「ふうふ」

「そう。おかあさんとおとうさん、ばあばとじいじ、ひいばあばとひいじいじ、みたいなね」

「くんちゃん。去年、ひいじいじのお葬式に出たの覚えてる？」

「うん」くんちゃんは鞠麩をフォークで刺す。

「そういえばさあ」

おかあさんはお椀を持ち上げると、ばあばに訊いた。「ひいじいじとひいばあばの言い伝えって、ホントかな？」

「どんな？」

「ひいじいじが、池田《いけだ》医院でひいばあばを見初めて結婚を申し込んだら、『駆けっこして、私に勝ったらしてもいい』ってひいばあばが言って、それでひいじいじが勝ったから一緒になった、って話」

ばあばは、分かってる、といわんばかりに何度も頷《うなず》くと、続けて、

「そんな話、本人たちから聞いたこともない」

と、言い放った。

「え〜？」

思わずおかあさんは身を乗り出した。「だってお葬式で、大和《やまと》おじちゃんたちも言

ってたもん」

横からじいじが割って入った。「おじいちゃん、股関節《こかんせつ》悪かったからなあ。眉唾《まゆつば》だよ」

「なんだウソー？」

「さあ？　だから言い伝えなんでしょ」

ばあばは目を閉じて椀をすすった。その様子におかあさんは、この話にはその先に真実があるような含みを感じ取った。ひいじいじの生前、ちゃんと本人に聞いておかなかったことが悔やまれた。ひいじいじは畑をやりながら、入院中のひいばあばの見舞いに病院へ毎日通っていた。94歳を超えても病気ひとつなく元気だった。しかしある朝、離れの台所で倒れたまま帰らぬ人となった。トースターには食パンが入ったままだった。朝食の準備中だったのだ。本当に突然のことだった。

「あれ？」

ビールグラス片手に赤い顔のじいじは、ばあばに訊いた。

「おひなさまにも言い伝えあるの、あれ何だっけ？」

「お節句過ぎてもしまわないと、結婚が遅れるってあれでしょ？」

それをおかあさんが異を唱えるニュアンスで言う。

「今時そんなの誰も気にしないでしょ。……で、遅れるってどのくらい？」

「1日ごとに1年って言うけどね」

「だーもう、何の根拠でその数字出してるんだろうね」

「言い伝えよ。ただの言い伝え……」

バウンサーの上のミライちゃんは、ミツバチのおもちゃを握ったまま、じっとばあばたちを見ている。まるでこれらの話をすべて聞いているかのように——。


スマホの液晶に「3月4日」の文字が浮かんでいる。

時刻は、7時24分。

「ひゃーやばー」

スーツ姿のおかあさんは、ダイニングに置いた小さな鏡に向かって手早く肌を整えると、急いでハンガーからコートをはずした。

「遅れちゃう」

もうずっと以前からおかあさんは、メイク道具を洗面所に置くことをせず、ダイニングの片隅で行うようになっていた。なぜそんな狭苦しいところで、と思うだろうがそれには理由があって、少しでも子供たちから目を離したくない、という思いからだった。なにごとも一緒の場所で行わないと不安に感じることが習慣になってしまっているのだった。

ただしこれからは違う。この春から仕事に復帰し、子供たちのことは家で仕事をするおとうさんに全面的に頼らなければならない。もちろん心配は尽きないが、どこかで覚悟を決めなければならない。

大きめのバッグを肩に担いで早足でテーブルを回りこむと、朝食をもそもそ食べているくんちゃんに声をかけた。

「くんちゃん。おかあさん今日明日《あした》、出張のお仕事でいないからね」

「いやっ」

くんちゃんが悲しげに顔を歪《ゆが》ませた。パンを放り出してイスを下り、追いかけてくる。おとうさんもミライちゃんを抱いて見送りに下りて来てくれる。

「いい子でお留守番しててね」

「いやっ」

「出そうになったらおとうさんにちゃんと言ってね」

「行かないでー」

不安顔のくんちゃんが玄関扉の前でぴょんぴょん跳ねて訴える。

おかあさんは、振り返ってにっこり笑った。それからメイクが落ちない程度に、くんちゃんのほっぺにキス。ミライちゃんにキス。そしておとうさんにもキス。

「じゃ子供たちよろしく」

「はーい」

「おかあさん行かないでー」

「あとさーおひなさま今日中にしまってね」

「はいはーい」

「おかあさーんっ」

「じゃ行ってきまーす」

バタン、と扉が閉まった。

沈丁花《じんちょうげ》の小さな花が咲く校庭の前を、サラサラ髪の中学生男子が行く。少々背は低いが、長い首に詰め襟の制服がよく似合う美少年だ。そのうしろを、同学年の女子たちが時折はしゃぎ声を上げながら、適度な距離を保ってついてゆく。紺のセーラー服に赤いスカーフの古典的な中学生女子スタイル。ぐるぐる巻きにしたマフラーの下、頰が赤く染まっているのは、決して気温が低いからではない。彼女たちは、初めて恋という感情を自分の胸の中に見つける繊細な年頃なのだ。

その横をおとうさんは、ぐずるくんちゃんを引っ張って早足で幼稚園へ向かう。

「おかあさんがいい、おとうさんいやだ」

「はいはい」

抱っこひもの中でミライちゃんは、すれ違った中学生女子たちの姿をじっと見つめていた。

朝の幼稚園前は、送りの保護者たちでごった返している。おとうさんたちは閉門ギリギリで到着した。くんちゃんが内履きを履くあいだに園の連絡事項を確認すると、おとうさんはとんぼ返りで家への坂道を戻る。

キッチンで洗い物の途中、思わず手が滑って、ガチャンとお皿を割ってしまった。

「ああっ」

散らかったおもちゃや絵本を片付けないうちに、思わず掃除機をかけてしまった。

「あああっ」

洗濯乾燥機の前で、衣類の表示マークの意味が分からず、思わずスマホで調べた。

「ああああっ」

風呂《ふろ》掃除で、カランのつもりで栓をひねるとシャワーが勢いよく出て思わず驚く。

「おおおおおっ」

ミルクを作ったのに、ミライちゃんが嫌がって反り返りぜんぜん飲んでくれない。

「おおおおおおっ」

時計を見て、思わずぎょっとした。

「あっ、もうこんな時間」

迎えの時間が迫っていた。昼食にと、冷蔵庫から昨夜の残りのちらし寿司《ずし》を出す。冷えて固まっていて、箸《はし》を刺すとちらし寿司はまるごと全部持ち上がってしまった。仕方なくそのままかぶりつく。モグモグとまだ口を動かしながら、抱っこひものベルトを後ろ手にロックした。

「わあああああああああん」

ミライちゃんが泣き止んでくれない。お腹が空《す》いているのか、眠いのか、それとも虫の居所が悪いのか。どれだろうと考える。

午後の幼稚園は既に迎えの保護者たちでぎっしりだった。ミライちゃんに手こずったせいで時間ギリギリになってしまった。くんちゃんは外履きに履き替えている。

「おとうさんいやだ」

「はいはい」

ぐずるくんちゃんを引っ張って坂道を帰る。

大声で泣き続けるミライちゃんを、抱っこひものロックを外し、

「さあお昼寝しようね～」

バウンサーに寝かせると、次の瞬間にはもう寝た。眠かったのだった。

そーっとブランケットをかけて、手を放し、起こさないよう、音をたてずに、ゆっくりと退いた。

「はあっ」

と、大きなため息をついて、ダイニングテーブルの端の作業イスに座った。ノートブックを開く。

が、

「……」

疲れがたまって頭が働かない。少しも前に進めない……。パタンとノートを閉じると、倒れるようにテーブルにつっ伏した。

微《かす》かな寝息が、午後のけだるい光のなかに聞こえてきた。

「……クー……、……クー……、……クー…………ク…………」

それが途絶えて、無音になった。

ピクリとも動かない。

と――。

突然ガバッと起き上がり、メガネの下の寝ぼけまなこをこすりつつ再びノートブックを開いた。資料ファイルを開いてパラパラ見ると傍らに置き、すぐに仕事に取りかかった。

「ん〜……」

ディスプレイの3Dモデリングソフトウェアのウインドウ内で、作業を進めてゆく。

　おとうさんはフリーになってすぐに手掛けた作品が、思いがけずたくさんの賞を獲《と》った。年齢は決して若くはなかったが、注目される建築家の一人として見られるようになった。設計依頼が大小問わず国内外問わずやってきて、予定が信じられないほど先まで埋まった。ただし、賞をいくら獲ろうがいくら注目されようがいくら依頼が来ようが、オフィスはまだダイニングテーブルの端っこのみであり、作業をほとんど一人でやらなければならなかった。

「おとうさん遊んで」

　下から顔を出したくんちゃんは、おかしをひとつ、テーブルの端に置いた。イカの形をしていた。海洋生物を象《かたど》ったサクサク食感のおかしだ。

「ゆうちゃんちで遊ばないの？」

「うん。おとうさんと」

　袋からタコとマグロを取り出して、次々と横に並べた。

「おとうさんイヤ、だったんじゃないの？」

「イヤじゃないの。だから遊んで」

　更にエビとカメとマンボウを置き、角度を念入りに合わせた。

「うん。わかったよ」

　とおとうさんは口では言うが、ディスプレイから目を離さない。

「絵本読んで」

「うん」

「ビデオ見せて」

「うん」

「こまわし大会して」

「……うん」

「……」

「……うん」

「……」

「………うーん」

何も聞こえないほど仕事に集中している。並んだおかしも目に入らないようだ。くんちゃんは諦《あきら》めて、テーブルの下に顔を引っ込めた。

バウンサーの上では、ミライちゃんがぐっすり眠っていた。

「ミライちゃん」

「……」

声を掛けるが、目覚める気配はない。

「ねえミライちゃん、クジラって見たことある？」

とクジラの形のおかしを見せた。

「……んー……」

ミライちゃんは寝返りをうつように、あっちを向いた。くんちゃんは仕方なく、差し出したクジラ形おかしをポリポリと食べた。

「やっぱりミライちゃん、好きくないの」

袋からもうひとつ出したら、またクジラ形だった。それをじっと見て、何かの企《たくら》みを思いついたように、くんちゃんはニーッと笑った。


くんちゃんが立ち去っても、ミライちゃんは眠り続けた。

「……んー……」

寝苦しいのか、不快そうな声を上げる。

それも当然だった。なぜならミライちゃんの顔一面には、たくさんのおかしが並べられていたのだから。イカとエビとマンボウとカメとマグロとタコが、ひたいやほっぺやあごに、落っこちない絶妙のバランスで置かれていた。鼻の下には、クジラ形のおかしがまるでちょびヒゲみたいにセットされていた。

だが本人は、自らの顔がそんな状態にあることを知る由もない。

「……んんーんー……」

ミライちゃんは、悪夢にうなされているように、苦しげな声をあげた。

言い伝え

「フンフンフ～ン。フンフンフ～ン」

くんちゃんは中庭につながる扉を開けるとスニーカーを履いて、ガラス扉を閉めた。

あー、すっきりした。鼻歌に乗せて上体を揺らしながら、中庭への階段を下りていった。すると、
ギャアッ。ギャアギャアッ。

と、ひどく品のないうめき声が聞こえた。

すると急に蒸し暑い空気の層が、一気になだれ込んできた。身体の周りの湿度がいっぺんに上がり、皮膚が汗ばんでべたべたした。

何だ？　何が起こったんだ？

くんちゃんが振り返ると、白樫《しらかし》の木が一本立っているだけの小さな中庭のはずが、全く見知らぬ光景が広がっていた。

辺り一面が、いつのまにか熱帯の植物で埋め尽くされている。

「……??」

サンタンカ、クワズイモ、リュウビンタイ、ゴバンノアシ、アグラオネマ、コモチクジャクヤシ……。まるでジャングルだ、と、くんちゃんは思った。マルハウチワヤシ、パンダナス、ミフクラギ、フィカスベンジャミン……。様々な種の植物が密集して競うように繁茂している。図鑑をめくるように、しばらく見回していると、

ギャアッ。ギャアギャアッ。

と先程の奇妙なうめき声が、また聞こえてきた。見上げると、ナツメヤシの巨樹の向こうを、大きな鳥の影が二羽並んで飛ぶのが見えた。きっとあの鳥の声だ。その先の天井が、鉄骨とガラスのドームで囲われている。ここはジャングルではなく、温室だ。通路をよく見れば六角形のタイルが敷きつめられている。

つまり、ここは、熱帯の庭なのだ。

「あれー?　まただー」

くんちゃんはつぶやいた。またいつかみたいに、変なところへ来ちゃったなあ。

ひどい湿気の中を見回しながら進んでいると、足元で、

カリッ。

と音がした。

「……ん?」

足をよける。六角形のタイルの上に、何かが砕けたかけらがある。しゃがんで指でつまむ。薄茶色のかけらだ。

「なにこれ？……あ」

その先にまた何かある。立ち上がって近づいた。砕ける前の状態が残されていた。見覚えがある形と色。指で拾い上げ、大声が出た。

「クジラのおかしだっ」

前方にまた発見。タコ形のおかし。確保。更にまた先にはウニ形のおかし。またまた確保。まるでヘンゼルとグレーテルみたいに。

「こっちも。アハハ。まただ。ウフフ」

楽しくなって、点々と落ちているおかしに飛びついては拾い、いつの間にかタイルの道を外れてフカフカの苔《こけ》の道に入っていった。シダの葉の向こうのイカ形のおかしを摑《つか》み、その先のイルカ形のおかしも発見した。

が、伸ばした手が、ハタと止まった。

そこに、靴があった。

茶色の革靴と折り返した白いソックスを、くんちゃんは呆然《ぼうぜん》と見つめた。目線の先に鮮やかな青色の蝶《ちょう》が舞い込む。それを目で追うように、ゆっくりと顔を上げた。そこには、

「……？」

中学校の制服――、紺のセーラー服に赤いスカーフを結んだ見知らぬ女子が、バナナに似たバショウ科の大きな葉をバックに仁王立ちしたまま、くりんとした大きな瞳でこちらを見ていた。肩まで伸びた黒髪の毛先が、繊細なウエーブを描いている。セーラー服とバナナ。この組み合わせでもじゅうぶん奇妙なのに、さらに奇妙なことに、鼻と唇のあいだにクジラ形のおかしを挟んでいた。

中学生女子は、すぼめた口で言った。

「おにいちゃん」

「……え？」

おにいちゃん、と呼ばれて、くんちゃんはあんぐりと口を開けた。

中学生女子は、鼻の下のおかしをつまんで外した。

「わたしの顔で遊ぶのやめてよ」

口を開けたまま、くんちゃんは訊《き》いた。

「……だあれ？」

「今までだって叩《たた》いたり泣かしたり……でもそれは置いておく」

中学生女子は、うっすら怒っている口調を呑《の》み込んで、「ふうっ」とため息をついたあと、抑制するように右手の人差し指を口に当て、

「今、問題なのは――、あれ！」

とピンと腕を伸ばし、彼方《かなた》を人差し指で示した。

くんちゃんは立ち上がってその右手を仰ぎ見た。手のひらに赤いあざがある。しかもその形に見覚えがある。

「もしかして……」

くんちゃんは、目を丸くしてつぶやいた。

「……未来の、ミライちゃん？」

視線を感じた中学生女子は、その手を慌てて背中のうしろに隠した。

「見ないでっ！」

くんちゃんは目を丸くしたまま、フカフカの苔に背中から倒れた。

シダの葉が、ふわっと揺れた。


未来のミライちゃんが指差したのは、おひなさまだった。

くんちゃんは、指の輪っかでつくった双眼鏡でおひなさまを覗《のぞ》いた。そこからダイニングテーブルを挟んで反対側に、パソコンで仕事をするおとうさんの姿がある。ガラス扉の前には、白樫の木が、熱帯植物にぐるりと取り囲まれて肩身が狭そうに立っている。

「1日ごとに1年……」

ミライちゃんは、両手を広げたほどもある大きなモンステラの葉に隠れて、訴えるように言った。

「なんだ。たった1年か、って思うでしょ？　でも毎年1年ずつ積み重なると、どうなっちゃう？」

はっきり怒っている口調に聞こえる。

「どうなっちゃうの？」

くんちゃんは、ミライちゃんを見た。

ミライちゃんは、ひとりごとのように声を潜めた。

「……好きな人と結婚できないかもしれない……」

昨夜ばあばが話していた、おひなさまを期限までにしまわないと婚期が延びるという お節句の言い伝えのことだ。くんちゃんは、指の輪っかをミライちゃんに向けてぐいっと迫った。

「……」

「な……、なに？」

「好きな人ってだあれ？」

ミライちゃんはたじろいだように、顔を赤らめた。

「しょしょしょ将来の話」

「ねえ、駆けっこするの？　駆けっこ」

ミライちゃんは困ったように手でガードする。

「とととにかく、おとうさんに早くしまってって言ってきてよっ」

だが、

「いやっ」

と、くんちゃんはぷいっとあっちを向いた。

「……なんで？」

「ミライちゃん好きくないから」

「なんで好きくないの？」

「仲良くできないの」

切実な表情のミライちゃんは、くんちゃんの肩を持って自分の方に向かせた。

「ねえわたし、おとうさんに自分で言いに行けないの」

「なんで？」

「ね、だからお願いおにいちゃん」

と体を揺すった。が、くんちゃんはまたぷいっとあっちを向いた。

「くんちゃん、ミライちゃんのおにいちゃんじゃないの」

その答えにしばらく唖然《あぜん》としたミライちゃんは、

「ふうっ」

とため息をつき、

「ほうほう、そうですかそうですか。は〜〜ん」

と冷たい眼差《まなざ》しで人差し指を立てた。

「じゃあそうやって人のお願いを聞かないんなら、ハチゲームだからね」

「ハチゲーム？」

くんちゃんは、そむけた顔を戻して尋ねた。

ミライちゃんは、パッと立ちあがると、両手の人差し指を立てて、

「おしりを振って〜」

と、ミツバチのようにかわいく腰を振り、そのあと、

「お散歩して〜」

と、８の字を描いて飛ぶように上半身を揺らした。

「……？」

くんちゃんは、その奇妙な連続ポーズを、ただ呆然と眺めた。

するとミライちゃんは、フフッ、と笑ったかと思うと、だしぬけにくんちゃんの脇を両手の人差し指でつんつんと突っついた。

「ちくちくちくちく」

「きゃはははは」

くんちゃんはくすぐったくて、くねくね身をよじる。

「ちくちくちくちく」

「きゃはははは」

苦悶《くもん》に顔を歪《ゆが》めてくねくね身をよじる。

「ちくちくちくちく」

「きゃはははは」

悶絶寸前でくねくねくねくね。

不意にミライちゃんが、ピタッとつっつくのをやめた。

くんちゃんは解放され、地面に手をついてハァハァ、と荒い息をつく。

ミライちゃんは一仕事終えたように髪をかき上げた。

「どう？　言うこと聞く？」

くんちゃんは、汗ばんで紅潮した顔を向けて言った。

「……ねえ、もっとやって」

「？」

思わずミライちゃんは目をぱちくりした。

くんちゃんはもう一度、小さな声で要求した。

「……もっと」

ギャアッ。ギャアギャアッ。

例の、ひどく品のないうめき声が、どこからともなく響いた。


カチ、カチカチ……と、おとうさんがクリックするマウスの音が響いている。くんちゃんは中庭からダイニングに上がった。仕事に集中するおとうさんは、くんちゃんが呼んでも画面から目を離さない。

「おとうさん」

「はーい」

「ねえ、おひなさま見てごらん」

「うーん……」

「しまう、っていうのはどう？」

「うーん……」

「おとうさん」

「……はーい」

だめだ。おとうさんは生返事ばかりで、おひなさまをしまってもらうのは無理そうだ。

「もうっ」

と、熱帯植物の陰に隠れていたミライちゃんはため息をつき、ダイニングから戻ってきたくんちゃんに言った。

「じゃあ責任とって、おにいちゃんがしまってよ」

「うんわかった」

「わかったって、あ、ちょっちょっちょっちょっと待って」

「何？」

「手、見せて」

「手？」

くんちゃんは泥だらけの手のひらを突き出した。

「うっ、きったな〜い。泥だらけじゃない。やっぱ、いい」

「なんで？」

「だから、いいって」

「なんで？」

「だから、そんな手でおひなさまに触ってほしくないのっ。……あ。いま、鼻ほじった？」

「ううん」

「ほじったでしょ」

「ううん」

「見てたんだから」

「ほじってない」

「ほじりながら言わないでっ。……もういい。頼まない」

「なんで？」

「やめてっ」

「なにを？」

「ズボンになすりつけないでっ」

　ふうっ。仕方ない。

　ミライちゃんはため息をつき、それから覚悟を決めた眼差しで、ひとり身を低くして前に出た。リュウゼツランの壺《つぼ》の後ろに身を隠しておとうさんの様子を窺《うかが》うと、白樫《しらかし》の後ろを通り、素早く階段に取りついた。猫のように上ってガラス扉に手をかけ、音を立てないように人がやっと通れる幅だけ開いた。

「……」

　革靴を脱いでダイニングに足を踏み入れ、テーブルの端からそっと見た。おとうさんがパソコン画面を凝視している。よし。気付いていない。キャビネットのおひなさまを今一度見上げ、それから辺りをキョロキョロ探した。おひなさまを収納する箱がどこかにあるはず。このフロアには見当たらない。ではどこか。スパイのように身を翻して階段を上る。おとうさんから見て死角になるような角度に飛び込む。リビングのフロアに頭を出してそっと覗《のぞ》くと、小さなモンステラの鉢植えの向こうに、大型のダンボール箱が置かれてあった。身を屈めたまま素早く上り、箱に取りついた。気付かれていないことを再度確かめて、そっとフタを開いた。

「……あった」

思わず小声で呟《つぶや》く。中には、大小の箱の上に白手袋が2組、羽《はね》ぼうき、そしておひなさまのしまい方を記したパンフレットがあった。白手袋は汗や皮脂でおひなさまを汚さないためのものだ。サッと見て確認すると素早くセーラー服の胸ポケットに差し込む。

再びダイニングに下りて、テーブルの端から顔を出した。

相変わらずおとうさんは、全くこちらに気付かない様子で、

「ん〜〜〜」

と唸《うな》っている。

頭を下げ、白手袋をした手をおひなさまの前の菱台《ひしだい》に向けて、そーっと差し出す。

そのとき、ふとおとうさんが顔を上げた。

「……ん？」

その気配にミライちゃんはハッと気付き、

「！」

思わず白手袋をヒュッと引っ込めた。

「……⁇」

近眼のおとうさんからは、不自然に白い手が出て、唐突に消えたように見えたようだ。大きくまばたきを2回して、メガネの奥の目をこすった。それからテーブルの下に何があるのかを確かめるように、ゆっくり首を横に傾けていく。

ミライちゃんは固く目を閉じて身を縮めた。

なおもじわじわと首を横に伸ばすおとうさんが、ふと目を下にやると、

「……あれ？」

赤ちゃんのミライちゃんの姿が見えない。

「いない？」

バウンサーに、ブランケットだけが残されている。

驚いておとうさんが弾《はじ》けるように立ち上がった。仕事どころじゃない、と一大事に血相を変えて辺りを捜しはじめた。

「ミライちゃんっ、どこっ？」

その隙にミライちゃんは、床を這《は》って外へと急いだ。フローリングがドタドタ音を立てるが構っていられない。入れ違うようにおとうさんが机の下にしゃがみ込む。

「どこミライちゃんっ？」

開いた扉からミライちゃんは、熱帯の庭へ飛び込んだ。

ほぼ同時におとうさんが立ち上がって再度バウンサーを見た。

「ハッ？」

ブランケットの下に、滑り落ちた姿勢のまま眠る、赤ちゃんのミライちゃんがいた。

「……なんだ。ずり落ちただけか」

ふうっ、と安心したように息をつくと、起こさないようにミライちゃんを優しく抱いて、そっとバウンサーに乗せ直した。

今のは一体、何だろう？

くんちゃんは目をぱちくりさせた。

すると、

「今の、見ましたか？」

人間の姿のゆっこがいつの間にか横にいて、指の輪っかでつくった双眼鏡で見ていた。

「赤ちゃんが消えたと思ったらまた出てきましたよ。不思議ですねえ。一体どういうことでしょうねえ。つまり、未来のミライちゃんと赤ちゃんのミライちゃん、同時には存在しないってことですかねえ」

「存在？」

草の上に大の字になっていたミライちゃんが、ぐいっと起き上がって靴を履き直した。

「あんたこそ自分の存在が自分で不思議じゃないの？　人間の言葉を喋《しゃべ》ってるくせに」

「そういえば、ぜんぜん？」

当然のようにゆっこは答えた。ミライちゃんは呆《あき》れて「はあっ」とため息をつくと、近寄って来た。

「問題はそこじゃない。今は、おひなさまをどうしまうか、ってそれだけ。不思議がっている暇があったら、ゆっこ」

「え？」

「あんたも手伝って」

ミライちゃんは、胸ポケットからパンフレットを出した。

「あ、はい」

ゆっこが受け取ってパラパラ見る。

ミライちゃんはくんちゃんの方を見た。

「おにいちゃんは、おとうさんの気を引いて」

ところがくんちゃんは、頬を赤らめながらもじもじしている。

「……なに？」

「さっきの」

「え？」

「もう1回やって」

「さっきのって？」

くんちゃんは何も言わず上目遣いにミライちゃんを見て、恥ずかしそうに体をくねくねさせた。

おとうさんは壁際の本棚に向かって立ち、資料の専門書に目を落としていた。

すると、

「きゃはははは」

くんちゃんの笑い声が中庭に反響した。

横目でちらりと外を見た。何をして遊んでいるのだろうか。くんちゃんの姿は見えなかった。が、きっと白樫の葉の向こうにいるのだろう。

「きゃはははは」

ふたたび笑い声が響いた。その喜びに満ちた声に、思わず笑みが漏れる。

「フフフ……。何がそんなに楽しいのかな」

おとうさんは呟きながら、専門書のページをめくった。

未来のミライちゃん

くんちゃん、ミライちゃん、ゆっこの三人が熱帯の庭に次々と顔を出し、見つからないように頭を低くして階段へ向かった。音を立てずに注意しつつ、室内へ侵入した。事前の打ち合わせ通りくんちゃんは、背を向けて本を見ているおとうさんの方へ行き、ミライちゃんはおひなさまの方へ向かう。ゆっこは肘《ひじ》をついて白手袋をはめつつ、ミライちゃんに続く。

「う〜ん」

本棚に向かって唸るおとうさんの横で、くんちゃんは立ち上がった。

「おとうさん」

「ん？」

「あのね〜、くんちゃんねー」

「なに？　どうしたの？　もじもじして」

くんちゃんがなにか話してくれていれば、おひなさまからおとうさんの気を逸《そ》らせて、時間を稼ぐことができるだろう。

ミライちゃんは白手袋をはめて、おひなさまのそばに取りつく。ゆっこは工作員みたいにキャビネットを背にやって来ると、ぐっと前に出て子供イスを両手で引き寄せ、座面にしまい方のパンフレットを置く。きびきびした動きだ。ミライちゃんは菱台《ひしだい》と三宝を下ろしながら改めて見上げて、

「……キレイ」

と、おひなさまの美しさに心を奪われたようにつぶやいた。がそれもつかの間、気を引き締めると、気配を殺してリビングへの階段を上ってゆく。なによりおひなさまをダンボールにしまうことがこのミッションなのだ。一方ゆっこは、女雛の向かって左脇にある橘《たちばな》の花を左にずらし、両手で男雛の人形をそっともち上げる。

同じ時、くんちゃんはあいまいな態度を取り続けていた。

「えーとー」

「あれ？　でちゃう？」

おとうさんが予想する。が、くんちゃんはミライちゃんたちの方をチラチラ見つつ否定する。

「そうじゃなくてねー」

「でちゃうの？」

「でない」

「でちゃうんでしょ?」

「でない」

「でちゃうんなら言って」

おとうさんは、くんちゃんがでちゃう状態になることが、とても心配な様子だ。

その間、ゆっこは、イスの上のしまい方のパンフレットと実物の男雛を熱心に見比べていた。写真では頭の上にぴょこんと飛び出た『纓《えい》』というパーツを取り外すように指示がある。同じように頭の上のパーツを親指と人差し指でつまんで、ぐりぐりっと左右に傾けた。

「これ外し……てっ、と」

スポンと抜けた。

その纓を同じ写真の上に置く。同じように、パンフレットに『笏《しゃく》』と書かれたパーツを探した。なるほどなるほど。右手に持っている板みたいなこれか。

「ん……、と」

つまんでぐりぐりっとやると、スポンと抜けた。

ミライちゃんは菱台と三宝を箱に収め終えて戻ってくる途中、振り返ってぎょっとした。

「……ゆっこ、ここで分解してどうするのっ？」

大声で問い詰めたいところだが、そんなことはできない。両手を振ってジェスチャーで伝える。

「え？　あ？」

ゆっこはびくっとして、男雛とミライちゃんを見比べた。

「スミマセンっ。あわわわ……っ」

焦る手で摑《つか》んだ纓を、男雛の頭にグサリと挿し戻す。ミライちゃんは急いで戻って来て口を大きく開けつつ小声で言った。

「戻さなくていいのっ」

「あわわわ……っ」

叱られてゆっこは身を縮めた。小心は飼い犬の性《さが》だ。

と、そのドタバタした気配に、

「ん？」

と、おとうさんが背中で何かを感じ取ったようだ。

それがミライちゃんとゆっこにも肌で伝わった。非常事態。撤収急げ。ゆっこは慌てて元の状態に戻し始めた。子供イスからパンフレットを平手で払って落とす。が、笏だけはイスの上に残ったままになってしまう。それでも構わず続いて男雛を元の位置に戻す。しかしわずかに手が、ぼんぼりに接触してしまった。

おとうさんがゆっくりこちらを振り返る。

「ん～～～？」

誰もいない。なにも変わらない。

なのになぜか、ぼんぼりだけがバランスを崩し、ぐらぐら揺れている。

そして床に落ちてカタッ、と乾いた音を立てた。

「……」

しばらく見ていたおとうさんが、専門書をテーブルに置くと、こちらに歩いて来た。

ぼんぼりを拾って元の場所に置き直し、そのまま後ろに下がって子供イスに腰掛けた。

「なんで、落ちたんだ……？」

ぼんぼりを見つめながら、解せないようにつぶやいた。誰もいないはずなのに。そう考えるおとうさんのすぐうしろのテーブルの下に、無理やり身を屈《かが》めて隠れるミライちゃんとゆっこがいることに、もちろん気づいていない。

ミライちゃんは、懸命に息を潜めた。あまりに至近距離で、少しの音でも気づかれてしまいそうだ。冷や汗を浮かべて、傍らのゆっこに囁《ささや》いた。

「見つかっちゃう……ゆっこ、息しちゃダメ……」

「ええっ……⁇」

無茶な命令にゆっこの顔がひきつった。

おとうさんが、考えを巡らすように上を見ている。

「う〜〜ん。どういう物理現象だろう……？」

理由がわからず唸《うな》り、右を見た。

「ん？」

左を向いた。

「んん？」

そして、下を向いた。

「んんん？」

パンフレットが落ちている。

「何だこれ？」

しまった！　焦って冷静さを失ったミライちゃんは、とっさに手を伸ばした。

シュッ、とおとうさんの視界からパンフレットが消える。

「あっ」

思わずおとうさんが声を上げ、

「この現象は、どういう……？」

と、ゆっくりと腰を上げて、股下《またした》を覗《のぞ》こうとしている。

テーブルの下のミライちゃんは固く閉じた目を少し開けて、横を見た。脂汗いっぱいのゆっこは顔がひきつって苦しそうにしている。ミライちゃんは目を閉じ、追い詰められたこの状況をどう解決すればいいのかをしばらく考えたが、何も浮かばなかった。ふたたび横を見ると、ゆっこは息を止めすぎて顔色がどす黒い土色に変わっていた。

ミライちゃんは、一層固く目を閉じた。

おとうさんが、ゆっくり頭を下ろしてゆく。

「……！」

そのとき、声がした。

「でちゃう」

「え？」

おとうさんがハッとして見る。

くんちゃんが、ふとももに手をあててくねくねしている。

「でちゃう」

おとうさんは慌てて身を起こした。

「ああっ、待って待って」

「待てないの」

「待って待って待って待って〜〜っ」

何もかも忘れたようにおとうさんはくんちゃんを抱えてそのままバタバタと階段を上り、一目散に寝室の上の洗面所へ行ってしまった。見えなくなったのを確認すると、ゆっこが倒れるようにテーブルの下から出てきて激しく深呼吸をする。

「だああっ、死ぬかと思った……」

「ふうっ。今のうちっ」

ミライちゃんとゆっこは、おひなさまに飛びついた。

金屏風《びょうぶ》、ぼんぼり、桜の花……。ふたりは驚くべき速さで、ダンボール箱におひなさまを収納していった。しかも考えうる限り慎重に、丁寧に、ホコリを羽ぼうきで払いながら梱包《こんぽう》した。最後にミライちゃんは愛情を込めて女雛の人形を箱に入れた。あとは、うしろに控えているゆっこが持った男雛を収めるだけだ。

そのとき、ゴーッと洗面所で水を流す音に続いて、おとうさんたちの声がした。

「お手々、自分で拭《ふ》ける？」

「うん」

「わかった」

ミライちゃんはダンボールのフタをいったん閉め、そのうしろに素早く回って身を潜め、カモフラージュに羽ぼうきで顔を覆った。ゆっこは男雛を持ったまま、どこに隠れるか迷ってその場でぐるぐる回っていたが、時間がなくなり慌ててリビングのローテーブルの下に寝そべって身を隠した。

おとうさんが洗面所からやって来て、ローテーブルやダンボール箱のそばを通ったが、何事にも気付くことなく階段を下り、ダイニングの本棚の前へ戻って行った。そのあとに続いて、くんちゃんが、

「うまくいった？」

と、ズボンをずり上げながらリビングにやってきた。

そのとき、

「あ」

ミライちゃんが、ゆっこの持った男雛の人形を見て、

「あ〜〜っ」

と大きな口を開けつつ小声で叫んだ。

「なに？」

「笏《しゃく》がないっ」

人形を見ると、確かに右手には何も持っていない。

「しゃくって？」

「手に持ってる板みたいなアレ？」

ゆっこが慌てて周囲を探す。

頬に両手をあててミライちゃんは青ざめた。どこかに落としてしまったのか。あんなに小さなパーツをこれから見つけるのはほとんど無理なように思える。

「どうしよう、笏がないとちゃんとしまったことにならない……」

「ねえ、しゃくってあれのこと？」

「え？」

くんちゃんが下のダイニングを指差した。

ミライちゃんは大きな口を開けつつ小声で叫んだ。

「あ……、あった……」

本棚の前に立つおとうさんのお尻《しり》に、笏がくっついていた。木のささくれがズボンの繊維に辛うじてひっかかり、ぷらんぷらん揺れていた。

おとうさんが背を向けて資料の本を見ている。

ダイニングテーブルの反対側の端っこから、くんちゃんとミライちゃんとゆっこが、同時に顔を出す。

おとうさんのお尻で、ぷらんぷらん揺れている笏が見えた。

三人は、そーっと足を前に出す。

おとうさんがページをめくる。

三人は、一旦《いったん》停止する。生唾《なまつば》を呑《の》み込む。そしてまた、ゆっくり動き出す。

ぷらんぷらん揺れる筠に向かって、抜き足差し足、同じ動きで、息を殺して近づいていく。

と突然、おとうさんはガバッと振り返り、パソコンに向かった。

「!?」

咄嗟《とっさ》のことに三人は、片足のポーズで固まったまま、プルプルと震えた。

しかしどうやら仕事に集中しているせいで、おとうさんには三人の姿が目に入っていないらしい。パソコンを操作し終えると、何事もなく背を向けて、資料を本棚に収めた。

三人は、片足のまましばらく動かないでいたが、

「……ふう〜〜〜」

ひと息つくと、ふたたびゆっくりと前に出た。

おとうさんは別の本を引き出して見ている。

三人は、足をそーっと出した。

ぷらんぷらん揺れる筠へと向かって行く。

と突然、おとうさんは無防備にお尻をボリボリとかいた。

「！」

三人は、固まって動けない。

おとうさんは、何事もなくお尻をかいた手を元に戻した。

三人は、片足のまましばらく様子を窺《うかが》っていたが、

「……ふう〜〜〜」

ひと息つくと、ゆっくりと前に出る。

ぷらんぷらん、と笏が揺れる。

気づかれないように、緊張で汗だくのゆっこが、笏に手を伸ばす。

「……！」

ぷらんぷらん、と笏。

くんちゃんも、爪先《つまさき》立って手を伸ばす。

「……！」

笏。ぷらんぷらん。

ミライちゃんも、脂汗を流しながら手を伸ばす。

「……！」

三人の手が、おとうさんのお尻いっぱいまで近づいた。

と、そのとき——。

笏が、突然ピタッとその動きを止めた。

かと思うと、あっという間もなく、スッ……、と落下した。

「……ん？」

おとうさんは何かの気配に気づいて顔を上げると、振り返って見た。

「んー？」

が、そこには誰もいない。

誰も。

なんだ、気のせいか、というふうに頭を掻《か》きつつ、おとうさんは読んでいた資料を本棚に戻した。


ミライちゃんの手の中に、笏が戻った。

おとうさんがお尻で踏んづけてしまったせいでできたささくれは、思ったほど目立つものではなかった。しかし、傷付けてしまったことは確かだ。ごめんね、とミライちゃんは向かい合わせで箱の中に収まる女雛と男雛に謝った。白手袋を脱いで一緒に収めた。来年、また会いましょう、と、ダンボール箱のフタをそっと閉めた。

「おにいちゃんありがと」

ミライちゃんが、やり遂げた達成感のある表情で微笑んだ。

ヒスイカズラの花が無数に垂れ下がって幻想的なトンネルを作っている。宝石のターコイズの色をした花で、その前に佇《たたず》むミライちゃんを一層可愛らしく見せている。

「何か一緒のことをすると、仲間意識ができて仲良くなることもあるんだって。どう？　わたしのこと、少しは好きくなった？」

「う〜ん」

くんちゃんは首を傾げてしばらく考え、それから、

「ううん。ううん」

と、激しく首を振った。

ふうっ、とミライちゃんは苦笑まじりにため息をついたあと、

「あ、そ。じゃあいいよもう」

と、わざとツンとした表情で背を向けると、翡翠《ひすい》色のトンネルを振り返らずに行ってしまった。ミライちゃんは未来のミライちゃんだから、このトンネルを抜ければ未来へ帰れるのだろうか、と、くんちゃんは思った。でもそれは、ただの花のトンネルに過ぎなかった。

もう夕方の空だった。

いつもの中庭に、出張から帰ってきたおかあさんの声が響いた。

「ただいま〜」

「おかえり～」

疲れたー、と、おかあさんはリビングに上がってくるなり、スーツのままでミライちゃんを抱っこした。

「ふうっ。ミライちゃん、すぐおっぱいあげるね～」

それからソファ横のダンボール箱を見て、おとうさんに微笑んだ。「あ、おひなさま、しまってくれてありがとう」

ちょうど階段を上ってきたおとうさんは、

「あ。忘れてた！」

と、やっと思い出したようにダイニングに駆け下りてゆく。が、合点のゆかない顔でうしろを指差しながら戻ってきた。

「……あれ？　君が帰ってきてからしまったのかい？」

「なにその冗談。全っ然おもしろくないんですけど」

ブルドーザーのミニカーで遊ぶくんちゃんが、顔も上げずに言った。

「おひなさま、くんちゃんがしまったんだよ」

「え？」

「あとねーミライちゃん」

「ミライちゃん？」

おとうさんは、おっぱいを飲むミライちゃんを不思議そうに見た。

「あとゆっこ」

「ゆっこ？」

ふわあああ、とローテーブルの下で犬のゆっこは大あくびをした。

おかあさんが出張先で買ってきたおみやげの押し寿司《ずし》が、その日の夕食になった。びっくりするほど肉厚な身がたっぷりと旨《うま》みを含んでおり、みんなでおいしいおいしいといいながら、あっという間に平らげた。夕食後のデザートはくんちゃんのリクエストでおかあさんが作った。ホットケーキのいちご添えハチミツがけだった。

ミライちゃんが、バウンサーの上でミツバチのおもちゃをぶんぶん振っている。

「あ、そうだ。くんちゃんねー、未来のミライちゃんに会ったよ」

「へー、どんなことしたの？」マグカップ片手におとうさんが訊《き》く。

「ハチゲーム」

「ハチ？」

「あと、だるまさんがころんだ」

「そっかー、いいなー、おとうさんも大きくなったミライちゃんに早く会いたいなー。ねえおかあさん？」

おとうさんは、ミライちゃんを感慨深げに見た。おかあさんは小皿の上でホットケ

ーキを切り分けながら、少し考え、

「そうねえ……。でもおかあさんはゆっくりでいいかな。今はまだ赤ちゃんのミライちゃんがいいや」

と顔を上げて、ミライちゃんを見た。

「くんちゃんも赤ちゃんのミライちゃんがいいや」

ダイニングに笑い声が弾《はじ》けた。

ミライちゃんは、おとうさんとおかあさん、それからくんちゃんの笑顔をまじまじと見た。そしてバウンサーの上でいつものように、

「ふうっ」

と、ため息をついた。

水の中

梅雨の雨が、中庭を濡《ぬ》らしている。

白樫《しらかし》の葉に湛《たた》えた雫《しずく》の、そのひとつひとつが、それぞれ別々の小さな世界を映し出している。

おかあさんはベッドに寝そべり、ノートブックの写真ライブラリをくんちゃんに見せていた。今日は休日で、のんびりくんちゃんと過ごそうと以前から決めていた。ライブラリから一枚の写真を選び、それをクイズのように表示させた。

「これだーれだ?」

「えーとー、おかあさん」

「当たりー」

ディスプレイに映っている数年前のおかあさんは、今と違って、髪をひっつめにしてメガネをかけている。

「くんちゃんはどこ?」

「おなかの中。このあと、くんちゃん生まれたんだよ」

横を向いて服をたくし上げたおかあさんの、大きく膨らんだお腹を写した画像だった。10か月。そこからライブラリを遡《さかのぼ》る。定点観測的に記録した画像の中で、8か月、7か月、6か月、と、みるみるお腹が小さくなっていく。

「くんちゃん生まれたとき、どんな赤ちゃんみたいだった？」

「今のミライちゃんみたいだったよ」

「ミライちゃん好きくない」

「そんなこと言わないの」

おかあさんはやれやれと顔をしかめた。

画像は結婚してすぐの時代に移っていた。取材で訪れたシテ島の路地裏でスミレの花束を手に持つおかあさん。建て替える前の家の台所で、右手にフライパン左手に中華鍋《なべ》を持って、おどけたポーズをとるおかあさん。仕事から帰った深夜、おとうさんの部屋の床に座りお弁当を食べるおかあさん……。

突如、純白のウエディングドレスに身を包んだおかあさんの画像が現れた。

「あ。これだ～れだ？」

「おかあさん」

緑の庭園が映えるガラスのチャペルを背に、結婚式用のぱっちりメイクで微笑んでいる。まるで絵本に出てくる王女さまみたいだ。

「キレイ」

「でしょ〜〜?」

「やせてる」

「うるさいなー」

おかあさんはノートブックをパタンと閉じると、代わりに紙のアルバムを引き寄せた。

「ここからはこっち」

開くと、古い紙の匂いと写真の定着液の酸っぱさとが入り混じった香りがした。

「これはね、おとうさんと出会った時」

コーヒーチェーン店で、ライターの人と一緒におとうさんを取材したとき。

「これは働きはじめた頃」

編集部フロアにて、雑誌を開いて無理に笑顔をつくったとき。

それと隣り合うように、大学の卒業証書を小脇に抱え、花束を手に微笑む袴姿《はかますがた》の写真もある。写真のそばにはそれぞれ、小さな紙で日付や短いコメントが書かれてあった。ページをめくるごとに、アルバムの中のおかあさんの姿が若返っていく。次のページからは、おかあさんが18歳まで過ごした田舎での写真だった。初めて着た高校の制服が気恥ずかしくて目線を外した自意識過剰のとき。中学の演劇部の友達と楽しげに微笑んでいるけれど、本当はクラスでいじめられていて辛《つら》かったとき。スキー、恐竜公園、東京のテーマパークなど、家族と遊びに行って楽しかったとき。木造校舎をバックに、緊張のため直立不動でランドセルを背負う入学式のとき……。

「あ、見て。これ葉一《よういち》」

「よういち？」

「おかあさんの弟。去年、結婚式でお祝いしたよね」

田舎の家の前庭で、小さな姉弟《きょうだい》が並んで写っている。ワンピースを着た幼いおかあさんは、くんちゃんよりも少し上の歳に見える。その横に、補助輪付き自転車のハンドルを握る弟、葉一。

「仲良しじゃなかった？」

「仲良しだったよ！　年子だったから双子みたいだってよく言われたよ」

「猫だ」

「あこれ、ぬいぐるみ。お誕生日のプレゼントにひいばあばにもらったの」

「くんちゃんもプレゼント」

「え？　何で？」

「えーと、お誕生日だから」

「くんちゃんのお誕生日、ぜんぜんまだまだ先でしょ!?」

話を打ち切るように、おかあさんはアルバムを勢いよく閉じた。

「自転車がいいの」

「なんで誕生日でもないのに」

6か月になったミライちゃんを抱っこすると、逃げるようにさっさとベッドを降りた。もう、なにかっていうと買ってもらうことばっかりなんだから……、と、やれやれと思いながら階段を下りた。

「あ……」

リビングが、広げた鉄道のおもちゃで足の踏み場もない状態となっていた。

「なによこれ、もーっ」

唖然《あぜん》と見回しつつレールを飛び越えて、もしや、とダイニングに下りた。予想通りテーブルの下にも作りかけのレールが放置されている。

「ああっ、もうっ。さっきキレイにしたばっかりなのに……」

軽く目眩《めまい》を覚えつつ、リビングに戻った。

待ち構えていたようにくんちゃんが、E353系スーパーあずさを見せる。

「ねえ自転車、この色がいい」

「ばあばが来るの。だから片付けて」

とミライちゃんをバウンサーに置きながら、くんちゃんをじっと見つめてお願いした。なのに、この色がねぇ、などと紫色の車体を指してゴニョゴニョ言う。おかあさんは意識して大声を出した。

「ねえくんちゃんっ」

「おとうさんと片付ける」

「今日はお仕事でいません」

「じゃあできないの」

なんでそうなるのよ？　と腰に手を当てた。

「片付けしない子は全部捨てるよっ」

「……いやだっ」

くんちゃんが頑固そうに首を振った。

はぁ。おもちゃを大事にしないんだったら、買ってあげるんじゃなかった。

「ならもう、なんにも買ってあげないからねっ」

「いやだあ〜っ」

もどかしそうに強く首を振りつつ、ぴょんぴょんと跳ねて地団駄を踏んだ。

「なら片付けてっ」

「いやあだあぁ〜っ、あああぁぁぁ〜〜〜っっ」

あまりの絶望にもう立っていられない、と言わんばかりに床に伏せ、嘆きながらお尻《しり》を振って懊悩《おうのう》している。

しまった。つい言いすぎた……。

おかあさんは苦い表情で目を閉じ、心の中で後悔した。

(はあっ、まーた怒っちゃった……)

何度目の後悔なのか。穏やかに、優しく接してあげたいといつも思っている。なのに、現実には思い通りにいってくれないことがほとんどだ。いい親でいてあげなきゃと思いながら、それができた例《ため》しなどない。

すると、突然くんちゃんがガバッと起き、

「ミライちゃん好きくないのっ」

とさっきの電車を振り上げて叩《たた》こうとする。が、いち早くそれを察知して、おかあさんが素早くミライちゃんを抱き上げた。

「ダメ叩いちゃ！　仲良くしてって言ってるでしょ!?」

ピンポーン。と呼び鈴が鳴った。

「もうっ。ばあば来ちゃったじゃない」

おかあさんは、くんちゃんをリビングに残して早足で階段を降りた。興奮したゆっこがダイニングでわんわんと激しく騒ぎ立てている。サンダルを履き、雨上がりの庭に出ると、一旦《いったん》子供部屋に寄って、ベビーラックにそっとミライちゃんを寝かせた。

「待っててね。すぐ戻るね」

再び、呼び鈴が急《せ》かすように鳴る。

「はいはいは〜い」

おかあさんは、小走りで玄関へ下りていった。


おかあさんが行ってしまってしばらくの間、くんちゃんは鋭い目つきで頬を丸く膨らませ、唇をクチバシみたいに尖《とが》らせていた。

おかあさん、ひどい。

おもちゃを捨てるだなんて、これからどうやって遊べっていうの？　子供が遊ばなかったら子供じゃないでしょ。もう買ってあげないなんて、よくそんな鬼みたいなことが言えるなあ。

と、考えれば考えるほど、腹の底から怒りが湧き上がってくる。

「……もうっっ」

わめいてみたが、ぜんぜん腹立たしい気持ちが収まらない。どうしてくれようか。

見回すとソファの上にレールのいっぱい詰まったおもちゃ箱がある。ちょうどいい。

それを両手でひっくり返して、中身を全部ぶちまけた。箱を放り投げて反対側を見ると、ローテーブルの上にもおもちゃ箱がある。力任せになぎ倒すように床にひっくり返した。さらに箱を揺すりながら持ち上げ、中身を全部吐き出させた。

「もうっ」

箱を投げ捨てたあと、おもちゃだらけの床にしゃがんでらくがき帳を乱暴に引きつけると、怒りに任せて握ったクレヨンを真っ白な画用紙にガシガシ擦《こす》り付けた。思いを吐き出すように、どんどん前のめりになる。そうして一気呵成《いっきかせい》に描き上げると、まるでピリオドを打つようにクレヨンを画用紙に叩きつけた。

その絵は、おかあさんの顔にツノが生えていた。オニババだった。

「オニババっ、おかあさんの、オニババアっっっ」


それでもまだ怒りは収まらない。

「おかあさん好きくないのっ」

ずんずんやって来たくんちゃんは、腹立ちまぎれに勢いよく扉を開けた。ガラスに付いていた雨粒が勢いよく弾《はじ》けた。一段一段踏みつけるように階段を下り、雨上がりの中庭に出た。

すると、
ポコポコポコ……。

と、水の泡が、わき上がる音がする。

急に肌がひんやりした冷気を感じる。くんちゃんは立ち止まって音のする方向を見た。

「……ん？」

白樫《しらかし》の木の向こうの光景に、一瞬、息を呑《の》んだ。

青々とした草原が、まるで大陸の大平原のような果てしなさで、地平線の彼方《かなた》まで続いていた。そこに岩石でできた巨大なテーブルみたいな山々のいくつかが、荒々しい断崖《だんがい》をむき出しにしてこちらを見下ろしていた。余計なものは一切ない大自然の完《かん》璧《ぺき》な絶景。しかし、絶景のはずなのにこの大自然はなぜか不自然さを感じさせた。どうしてそう思うのか、くんちゃんはその理由を見つけようと空を仰いだ。

巨大な波紋が上空に浮かび、非常にゆるやかな速度で広がっている。

「……」

なぜそんなものがあるのか。目を丸くしてくんちゃんは見上げた。その足元の草が、波紋と同じリズムで波打つように揺れている。

また変なところへ来ちゃったなあ……。

すると、

「好きくないいじゃないでしょ」

声がした。

はっきりと聞き覚えがある。

「……未来のミライちゃん？」

白樫の木のそばに未来のミライちゃんがいた。膝下《ひざした》まである黄色い長靴を履き、蛍光色っぽいライムグリーンのレインコートを羽織っていた。手が隠れるほどの長い袖《そで》が、ポンチョみたいなシルエットに見えてとても可愛らしい。ミライちゃんらしい、と、くんちゃんは思った。

「それにおにいちゃん、またわたしのこと新幹線で叩こうとしたでしょ」

またしてもうっすら怒っている。そのこともミライちゃんらしかった。くんちゃんは、首を横にぶんぶん振って否定した。

「新幹線じゃないもん」

「新幹線は人を叩くものじゃないよ」

「スーパーあずさだもん」

「どっちでもいいのっ」

ミライちゃんはしかめっ面で長い袖を振ると、いつものように、ふうっ、とため息をついた。木を挟んで佇《たたず》むふたりのそばを、いつの間にか赤と青の模様の熱帯魚《ネオンテトラ》が、吊《つ》り下がったモビールみたいに音もなく漂っている。

「どうしておかあさんを大事にしないの？」

「大事にできないの」

「たまにしかない休みなのに、意地悪して困らせたらかわいそうでしょ？」

「……」

意地悪じゃないもん、とくんちゃんは言いたかったが口に出さず、うつむくと押し黙った。大事にできないのはおかあさんが愛してくれないからだ。愛されたいのに、どうして愛してくれないんだろう。なんで。なんで。なんで……。

「……ねえおにいちゃん？」

「……くんちゃん、かわいくないの」

「え？」

「……ミライちゃんや、ゆっこは、かわいいの……。……でも、くんちゃんは、かわいくないの……」

悲しい気持ちはくんちゃんのなかでどんどん膨らんでいった。次々と涙が出てきて、手のひらで拭《ふ》いた。だがいくら拭いても涙があとからあとから出てきてしまう。

一方ミライちゃんは、しまったヤバイ、という表情で固まっていた。

「あ、え……、そ……」

言葉に詰まりながらも、くんちゃんに小走りで近付き、慌てて取り繕った。

「そ、そんなことないよっ。おにいちゃんかわいいよっ」

ぐすん、ぐすん、と洟《はな》をすすりながら、くんちゃんは背を向けた。

「ううん。かわいくないの……」

「かわいいよ。だからさ……あっ」

「わああああんっ」

ミライちゃんの手を振り払い、くんちゃんは闇雲に駆け出した。

「待って、おにいちゃんっ」

そのとき、驚いた熱帯魚の群れが一斉に方向を変えて、ミライちゃんに向かって来た。

「わあっ」

思わずレインコートの袖で顔を覆った。

「おにいちゃんっ。おにいちゃん……っ」

ミライちゃんが呼んでも、くんちゃんは振り返らなかった。

「わあああああんっ……」

くんちゃんはいつの間にか、数を次第に増していく熱帯魚の中でもがき走っていたのだが、あまりに悲しすぎてこの奇妙な状況に気づく余裕もなかった。群泳する熱帯魚はトンネルのような穴を形成し、くんちゃんをどこかへ導いていくようだった。うねりは螺旋《らせん》を描き、その螺旋がもっと大きくうねる螺旋の一部になった。そしてその螺旋はさらに大きな螺旋の一部であり、さらにまた……と、自己相似の螺旋がどこまでも果てしなく連鎖していた。やがて導かれる先に一筋の光が見えた。あまりにも眩《まぶ》しいその光が次第に近付いて来る。出口だろうか。連鎖の終着地だろうか。不意に、まるで海面にぶつかったように目の前が泡だらけになり、そして、白く弾けた──。

その勢いのまま、くんちゃんはヘッドスライディングで滑り込んで来た。路上に薄くたまった水たまりに盛大な水しぶきが立ち、無数の波紋を作った。ううう……と唸《うな》って、うつ伏せの体を起こしペタンと尻《しり》をつき、濡《ぬ》れた頭をぶるるるるっと振って水滴を飛ばした。それでまた波紋が広がった。

「あ……、あれえ？」

くんちゃんは気づいて、あっけにとられたように辺りを見回した。

そこは見知らぬ街の雨上がりの裏通りだった。車が二台すれ違うのがやっとの道幅に、「酒」「たばこ」「洋服」「塩」などと看板を掲げた個人商店が並んでいる。駐車してある自動車のヘッドライトの形は丸、もしくは四角。聞いたこともない飲料メーカーの自動販売機。「写真プリント1枚20円」とあるのはなぜかカメラ店ではなく薬局。どう見ても現代じゃない、かといって古き良き昔でもない。中途半端な時代を表すような軒下の翳《かげ》りが、濡れて白い空を反射したアスファルトの眩しさとコントラストを成しているように見えた。

「……ここどこ？」

立ち上がって誰にともなく呟《つぶや》いた。それに応《こた》えるみたいに、どこかで水滴が落ちた。

くんちゃんはその方へ振り向いた。

「……？」

木造に瓦《かわら》屋根の古い家並み。鉢植えを並べた昔ながらの床屋の店先。電柱に立てかけられた赤い傘の色彩。

そしてその向こう、背中を丸めてしゃがむ長い髪の少女の後ろ姿があった。

「……ぐすん……ぐすん……」

泣いているのか、少女は手の甲を目に当て、寄る辺なく肩を震わせている。

「ぐすん……ぐすん……」

くんちゃんより少し上、小学校1年生くらいかもしれない。そっと近づいて、顔を覗《のぞ》き込んだ。

「……なにがかなしいの？」

少女は答えない。

「……………ぐすん……」

くんちゃんは少し考え、手のひらを少女の頭に添えると、母親が子供にするように、よしよしと撫《な》でた。

「泣かないで」

少女は顔を覆っていた手を下ろし、ゆっくりと顔を上げると、濡れた瞳《ひとみ》のままでこちらを見た。

「……ありがとう。やさしいのね」

「あ……」

その顔。

アルバムの中で見た、おかあさんの幼い姿。

同じだ――。

少女は瞬《まばた》きをして微笑み、続けた。

「でも、本当に泣いてたわけじゃないんだ」

と鉛筆を持った手で、膝《ひざ》の上の紙片をちょっと見せるようにした。たどたどしい文字で何か書いてある。

「手紙を書くのに感情を込めた方がいいと思って」

フフッ、と、肩をすくめて舌を出してみせた。

なんだ、じゃあさっきのは嘘泣きだったのか。くんちゃんは驚き、してやられたような気分にもなった。

少女は、赤い傘を引きずって雨上がりの道を行く。

白い丸襟がついた青紫色のワンピースは、ひょっとするとお手製なのかもしれない。くんちゃんは少女のあとをついていきながら、白の長靴をじっと見ていた。表面に濡れた松の葉がくっついている。いつからそこにくっついているんだろうか……、などとぼんやり思っていると、大きなお屋敷の門の前で、少女が立ち止まった。

表札に「池田醫院」とある。

いけだいいん、と少女は言った。以前どこかで聞いた覚えのある響きだ、とくんちゃんは思う。庭にはよく手入れされた立派な松の木があり、建物は古めかしい純日本家屋の母屋と、和洋折衷の「醫院」の部分がつながっている。少女が言うには、このお屋敷は昭和の初めに『建て直された』のだという。

細工の入ったガラス扉を開けて、玄関の中を覗いた。アプローチから玄関の中まで、外国製のタイルが地面に埋め込まれている。病院に独特な消毒液の匂い。クラシカルな窓口の磨《す》りガラスに、「受付」と「調剤」の文字。しかし人の気配はまるでない。午前の診療時間が終わり、今は休み時間なのかもしれない。

玄関の隅に、キチンと並べられた品のいい革の婦人靴がある。

少女はその靴を、思い詰めた表情でじっと見つめた。

「……」

それからポケットから件《くだん》の手紙を取り出し、内容を確認するようにちらりと見ると素早く折り畳み、婦人靴の中に、そっと入れた。

くんちゃんはその背中に訊《き》いた。

大きな味噌《みそ》蔵の脇を、少女は赤い傘を引きずって行く。

「何て書いたの？」

少女は振り向かず、背中で答えた。

「『おばあちゃんへ。猫が飼いたいのです。お許しをください』」

「猫？」

「わたし、動物に好かれる性質《タチ》で、どんな子とだってすぐ仲良くなるの。でもおばあちゃん、動物アレルギーだから絶対ダメだって。飼うなら外で飼いなさいって。でも外で飼ってるおうちなんてないよね。だから、お許しが出るまで何十通でも書き続ける。おばあちゃんが根負けするまで、絶対やめないつもり」

くんちゃんは、その執念を呆然《ぼうぜん》と聞いた。自分に言い聞かせるような調子で言う少女に、口を挟むこともできなかった。

このあたりは昔の街道沿いで、千本格子のある平入りの町家や、蔦《つた》の絡まる土蔵、杉玉を掲げた造り酒屋など、古くからの商家が多く残っていた。その裏手の倉庫で、フォークリフト用のパレットが積み上がる隙間にじっと身を縮める子猫を見つけた。雨に濡れたその子猫は、こちらを見るなり、瞳をわずかに震わせながら、グルルル、と警戒の唸りを上げた。

少女はくんちゃんに傘を押し付けてしゃがむと、手を伸ばした。

「よしよし。おいで。怖くないよ」

指を動かして誘う。

グルルルル、猫は一層警戒した。

「怖くない。だから、友達になろ?」

グルルルルル、と猫はさらに激しいうなり声を上げる。こんなに威嚇しているのに、躊躇《ちゅうちょ》なく手を伸ばせる少女の肝っ玉に、くんちゃんは感心せざるを得ない。さすが動物に好かれる性質《タチ》の人は違う……。

などと思った次の瞬間、猫はシャーッと鳴いて伸ばした爪で攻撃した。わっ、と少女は間一髪で手を引っ込めた。

猫が去ってゆくのを、ふたりとも無言で見送った。

「……」

積み上がったパレットの前で、少女は固まったように動かない。くんちゃんは何と言っていいかわからなかったので何も言わなかった。しばらく時間が経った後、少女はゆらりと立ち上がると、何事もなかったように話題を変えた。

「……あんた、きょうだいいる？」

道すがらの小学校のグラウンドに点々とできた水たまりが木々の影を反射していた。少女は近道だからと横切るようにバシャバシャ歩いて行き、くんちゃんもあとをついて歩いた。

きょうだいは、いる、と答えた。

「どっち？」

「妹」

「わたしは弟。わたしより勉強ができなくて弱っちいから、すぐにシクシク泣くんだ。だからかあさんは弟よりわたしの方が好き。もしおばあちゃんがダメでも、かあさんがきっと猫を飼ってくれると思うのよね。ああ、弟が泣き虫でホントによかった……」

ぼーっと背中を見ながら聞いていると、不意に少女が立ち止まり、振り返った。

「着いた」

「……？」

どこに？　と問うかわりに見上げると、軒下にツバメの巣が見えた。何羽かの雛鳥《ひなどり》が身を寄せ合ってじっとしていた。

少女は、背伸びして鍵《かぎ》を差し込むと、玄関のガラス扉を開けた。

長靴を乱雑に脱ぎ捨て、どこかへスタスタ行ってしまった。入っていいよ、という

ことなのか。くんちゃんは顔を出して玄関を覗《のぞ》いた。品のいいカーペット。床に鉢植

えの植物。綺麗《きれい》に片付いた室内。あちこちに置かれた本棚。正面を見ると、こぢんま

りした水槽が置かれてある。くんちゃんはそれを見て思わず、

「あ」

と声を出した。一種類の水草と一種類の石だけで構成されたシンプルなレイアウト。

それはまさに先ほど見た大草原と岩山の風景そのものだった。さっきまでそこにいて

風に吹かれ山々を見上げていた。その場所が、両手を広げたほどしかない水槽の中に

収まっている。これは一体どういうことなんだろうか……、と、その中を漂う熱帯魚

をぼんやり眺めていると、

ガラガラガラッ。

と大きな音がして、はっと我に返った。

縁側に面している座敷の障子が開いている。中を覗いてみたら、おもちゃが畳の上

にぶちまけられていた。

「……あ」

「弟のおもちゃで遊んでいいよ」

少女はおもちゃ箱を座卓に置き、床の間の横にまとめられた別のおもちゃ箱を持ってきて、くんちゃんの前でガラガラガラッと盛大にひっくり返した。レゴ、ミニカー、積み木、人形。遊びきれないほどの数のおもちゃ。もてなしてくれているのかもしれない。しかしこんなに散らかしたらあとで片付けるのが大変じゃないのだろうかと心配になり、

「でも、しかられるんじゃない？」

と尋ねた。ところが少女は肩をすくめて、

「だって、ちらかってるほうがおもしろいもん」

と、ニヤリと口角を持ち上げ、不敵な笑みを浮かべた。いかにも〝悪い子〟の顔だ。

くんちゃんは、ゆっくり振り仰ぎながら、今の言葉を頭の中で反芻《はんすう》させた。ちらかってるほうが、おもしろい…、おもしろい……、おもしろい……。

「……たしかに！」

険しい表情でくんちゃんは唸《うな》った。まさに膝《ひざ》を打つ思いだ。床の間の掛け軸にある「無為」の文字の前で少女は微笑み、

「おなかすいてない？」

と、座敷を出ていった。

あとを追っていくと、そこは台所だった。ガスレンジ。ガス炊飯器。ガスヒーター。なぜかガス器具ばかりだ。真ん中に支柱のある丸いダイニングテーブル。その上に新聞が置かれてある。一面の見出しは「ゴルバチョフ大統領、東西ドイツ統一へ」とある。すると、
ガサガサッ。

少女はイスの上からお菓子箱をひっくり返して、丸テーブルいっぱいに撒《ま》き散らした。それから箱をポイッと投げ捨て、ブルボン・ホワイトロリータを手に取ると、包みを開きながら言った。

「あんたも食べていいよ」

「でも、しかられるんじゃない？」

くんちゃんは心配して言った。だが少女は口に入れようとした手を止めて、またしても悪い子の顔でニヤリと笑った。

「だって、ちらかして食べるとおいしくなるんだもん」

くんちゃんはポリポリ食べる少女を唖然《あぜん》として見た。なんと大胆なことを言うのだろう。ほんとうにそうなのか？　少女に倣ってホワイトロリータに手を伸ばし、包み

を開けて前歯で小さくかじった。ポリ。もう一口かじった。ポリポリ。奥歯で確かめるように味わう。カリカリカリ。そして顔を上げ、険しい表情で唸った。

「……おいしい!」

ぜんぜん違う。いつもみたいに行儀よく食べるのとぜんぜん違う。

少女は、我が意を得たりといわんばかりにイスの上に立ち上がった。

「でしょっ?」

くんちゃんもテーブルに取りついた。

「おいしいっ」

「おいしいっっ」

「おいしいっっっ」

「アハハハハハッ」

ふたりで声を合わせて叫び、体重を交互に掛けてシーソーみたいに丸テーブルを揺らした。お菓子がバラバラと跳ねて床に落ちる。少女は甲高い奇声を発してイスから飛び下りて猿みたいに駆け出した。

「キャハハハハハ」

くんちゃんも笑い声を上げながら一緒に駆けていく。缶詰や一升瓶が置かれた狭い廊下を一気に抜けて、洗面所の半開きの扉に体当たりしたあと、

「じゃあこういうのはっ？」

と少女は、廊下の本棚に積み上がった文庫本を、片っ端から落っことしていく。くんちゃんも真似して落っことす。ふたりは次々と本棚から文庫本を引っ張り出して、めちゃくちゃに放り投げた。

「楽しい〜っ。アハハハハハ」

次に少女は、

「じゃあこういうのは？」

縁側に干してある洗濯物にジャンプして手を伸ばし、

「えいっ」

と、シャツを力任せに引っ張った。洗濯バサミが音を立てて弾《はじ》け飛んだ。

「えいっ」

くんちゃんも真似して引っ張った。下着と一緒にハンガーが落ちてきた。

何度も跳ねるふたりの足元に、バサバサと洗濯物が落下した。

「アハハハハハ」

おもしろくて歯止めがきかない。

少女は、満面の笑みで奇声を上げた。

「イヒヒヒヒ」

くんちゃんも奇声をあげた。

「エヘヘヘヘ」

狂おしいほどのおもしろさに声を張り上げながら、そこら中を駆け巡って、やりたいと思っていたことを全部やった。玄関の植木鉢を蹴《け》ってひっくり返し、桐箪笥《だんす》の引き出しを全部出し、冷蔵庫の扉を開けっ放しにした。

居間のテレビのそばに、VHSテープが積み上がっていた。くんちゃんはその細長い箱状のものを初めて見た。側面のシールに几帳面《きちょうめん》な手書きの文字が細かく書かれてある。なんだこれは。どうやって使うものなのか？　そういえばテレビの形もなんだか変だ。まるで四角い箱みたいで、尋常じゃないほど分厚いじゃないか。中に何が入っているというのか。横を見ると、積み上がったVHSテープの山を一気になぎ倒して、少女は高笑いしていた。

「アハハハハハハハ」

くんちゃんも高笑いした。それはもう涙が出るくらいに。ふたりして座卓に上がって苦しいほど笑った。

「アハハハハハハハハ」

その時だった。

突然、ガチャガチャッと、鍵を回す音がした。

ぎくっとしてふたりはその方を見た。

ガラス越しに、誰かが玄関扉を開けようとしているのが見える。

「かあさんだ……」

少女は青ざめた頰に手をあてた。持っていたVHSテープが座卓の上にカタンと落ちる。冷静になって見回すと、居間はぐちゃぐちゃに散らかっていて、まるで嵐が来たみたいに酷《ひど》い有様だ。

「どうしよう怒られる……」

少女はくんちゃんの手を引っ張り、台所の勝手口を開けて靴と一緒に外に押し出した。

「もう帰って」

「あっ」

くんちゃんが何か言う間もなく、バタンと勝手口が閉まった。

雨雲が暗く空を覆っている。アスファルトの水たまりにひとつふたつと雨粒が落ちて波紋をつくる。道端の草が不安げに揺れる。

くんちゃんは困惑のままアルミの扉を見上げ、そっと聞き耳を立てた。

すると、

「信じられないっ！　こんなにちらかしてどういうつもり!?」

中から響く突然の怒鳴り声に、思わず身を縮めた。少女の母親の声だ。続いて少女の悲痛な泣き声が聞こえてくる。

「うえ〜〜〜ん……」

「もうあったまきた！　あんたのおもちゃ全部捨てるからね！」

扉のガラスが震えるほどの怒鳴り声だった。

「わあ〜〜ん、かあさんごめんなさい〜〜〜」

水たまりが飛沫《しぶき》を上げるほど雨は激しく、草は狂ったように揺れている。

「もうお菓子も二度と買ってあげないから！」

「ごめんなさい！　かあさんごめんなさい〜〜〜っ！」

くんちゃんは急に怖くなった。今まで積み上げてきたものが一瞬でガラガラと崩れ落ちるような恐ろしさを感じた。少女の痛切な懇願の声を聞いていられず、思わず耳を塞《ふさ》ぐと、そこから逃げ出すように激しい雨の中を駆け出した。

小学校の木々が、踊るように大きくしなる。水浸しになったグラウンドで、くんちゃんは転び、盛大に水しぶきが跳ねた。ううう、と唸《うな》り、全身ずぶ濡《ぬ》れの重い服でヨロヨロと立ち上がると、気力を振り絞って再び走り出した。一刻も早く、この悪夢から逃れたかった。

くんちゃんが去った後も、雨はいよいよ激しく降りしきった。

まるで世界中を水浸しにするかのように。

逃げ場などどこにもない、とでもいうように。

くんちゃんはいつの間にか、薄暗い寝室のベッドで眠っていた。

その寝顔を、おかあさんが優しい目で覗《のぞ》き込んでいた。

ばあばは階段の下から小声で訊《き》く。

「ごはんは?」

「起きない」

昼間にたくさん体を動かして疲れたときなど、夕方早々に寝てしまうことがある。そんなときは無理に起こさず寝かしたままにしておく。たいていは朝までぐっすり眠っている。おかあさんはいちおう様子を見に来たのだが、まるで起きる気配はなく、パジャマに着替えさせても全然目覚めることはなかった。一体、どんな夢を見ているのだろうか。

「くんちゃんはわたしの宝」

おかあさんは、その寝顔にキスをして、起こさないようにそっとその場を離れた。

「それ、昔の私のセリフでしょ」と、ばあば。

「今はわたしのセリフ」

「フフフ……」

駅ビルでばあばが買ってきてくれたお惣菜《そうざい》をつまんだ。食後のデザートは、色とりどりの鮮やかなホールのゼリーケーキで、くんちゃんとおとうさんの分を取り置きして、残りをふたりで分けた。

眠るミライちゃんをばあばに抱いてもらっているあいだ、おかあさんはゼリーをスプーンで掬《すく》い、口に入れて味わった。見た目通り、色とりどりの味がした。

「結局、猫は飼ってもらえなくて悲しかったな」

「お気の毒さま」

「わたしの方が葉一より絶対愛されてると思ってたのに。手がかかる子の方が親に愛されるなんて知らなかった」

「あんただってだいぶ手がかかったよ。強情で面倒くさくて。怒鳴ってばっかりだった記憶しかないな」

「忘れた」

「いっつも散らかし放題でさ」

「だってわたし、片付けられるようになったの、結婚してからだもん」

「呆《あき》れた」

ふたりして笑いあった。

それからおかあさんは、遠くを見るように顔を上げた。心の中を声に出すような調子で、自分に向けて言うように。

「仕事しながらだって、子育てはなるべくベストを尽くそうと思っているんだ……。けど、気付いたら怒ってばっかり。こんなお母さんでいいのかなって、不安になっちゃう……」

いつも揺れ動いている。子供たちの母親として、いつも、これでいいのかと思わない日はない。仕事を続けたのが正しかったかそうでなかったか、子育てに専念する生活を選ぶべきだったかそうでなかったか、といった大きなことから、ついさっきのように、あのとき怒るべきかそうでなかったか、という小さなことまで。選択肢のたびに立ち止まりたくなる。でも答えが出ないまま前に進むしかない。そんななかでも、ただひとつ真実だと言えることがある。それは——、

「でも、少しでも幸せになってほしいから」

「それがわかっていればいいんだよ。子育てに『願い』は大事だよ」

ばあばは、眠るミライちゃんの髪を撫《な》でながら言った。

その言葉を噛《か》みしめるように、おかあさんはうつむいた。

「……願い、か」

くんちゃんは夜中に、ふと目を覚ました。ミライちゃんの横で、疲れて眠るおかあさんの顔があった。起き上がって寝ぼけ眼で見ると、おかあさんの目の窪《くぼ》みに涙が溜《た》まっていた。

「……」

その涙がくんちゃんには、あの少女の涙と重なって見えた。あれからおもちゃは捨てられずに済んだのだろうか？　お菓子はまた買ってもらえるようになったのだろうか？　そして猫は？

おかあさんは何も答えない。ぐっすりと眠っている。

くんちゃんは手をおかあさんの頭に添えると、あの時の少女にしたのと同じように、手のひらでやさしく撫でた。

「よしよし」

「……ん」

練習

梅雨が明けて、すっきりと晴れた夏の空になった。

くんちゃんとおとうさんは、ボルボ240に乗って公園へ出かけた。国道16号を中《なか》区の方向に行くと、根岸森林公園という大きな公園がある。駐車場に車を駐《と》め、荷台から補助輪付きの真新しい子供用自転車を下ろした。くんちゃんは早速ヘルメットをかぶって自転車にまたがった。ぐいぐいペダルを踏んで、軽快に駐車場のアスファルトを行く。補助輪がガーガーとうるさく音を立てる。

「うまい方法だなあ。おかあさんの靴の中に手紙って。そういうのどこで覚えたの？」

おとうさんは、ご機嫌に自転車を走らせるくんちゃんに並んで歩きながら、

「おとうさんもやってみようかな……」

と、羨《うらや》ましげに宙を見上げた。

「あー」

抱っこひもの中のミライちゃんが、呼んでいるように唸った。もう月齢は7か月を超えた。

「はいはいミライちゃん」

おとうさんは、帽子のつばで顔を隠すようにうつむくと、懸命に顔を歪《ゆが》めた。

「いないいない〜〜〜っ、ばあっ」

ミライちゃんは笑わない。ただ呆然《ぼうぜん》と見ているだけだ。

3か月を過ぎたあたりからミライちゃんがすごく笑うようになった、とおかあさんは嬉《うれ》しそうに言う。だがおとうさんはまだ、ミライちゃんのいっぱいの笑顔を向けてもらっていない。家にいる自分の方がより多く面倒を見ているというのに、笑ったにしてもちょっと笑うとかその程度だ。それでいておかあさんが帰ってくると満面の笑みだ。なぜだろう。やはりおっぱいの力なのか？　おっぱいという武器のない自分は努力するしかないのか？

がんばって再びうつむき、精一杯おもしろい顔をした。

「ん〜〜〜、ばあっ」

ミライちゃんは笑わない。不思議そうに見ているだけだ。

おとうさんは、いないいないばあの効果的なやり方を調べて研究した。第一に、アイコンタクトを取って真顔の状態を認識させせます。第二、顔を覆うのは長くなく短くなく適度な時間で。第三、おもいっきり表情をデフォルメさせましょう。真顔との落差の分だけ、赤ちゃんは笑ってくれるでしょう……。

三たびうつむくと、渾身《こんしん》の力を込めて顎《あご》を突き出し、白目をむいた。

「ん〜〜、ばあっ」

ミライちゃんは笑わない。興味深げに見ている。

おとうさんは、がっくり肩を落として、力無くつぶやいた。

「……全然笑ってくれないなあ」


根岸森林公園は、かつて日本初の洋式競馬が行われた根岸競馬場があった場所だ。終戦後、アメリカ軍の管理下に置かれたが、戦後に接収が解除されると、公園として市が整備した。往時の名残をとどめるのは、一九二九年に建てられた一等馬見所《いっとううまみしょ》と呼ばれる地上7階建ての観客スタンドのみだが、今では蔦《つた》の葉にびっしりと覆われ、ほとんど廃墟《はいきょ》と化している。

その一等馬見所の脇に、こぢんまりとした円形の広場がある。おとうさんとくんちゃんはここに、自転車に乗るためにやってきた。いままで三輪車しか乗ったことのないくんちゃんにとって、自転車に慣れるための平らで広い場所が必要であり、練習可能な施設をおとうさんがネットで検索して見つけたのだった。

芝生の上で子供たちが、ボール遊びや縄跳びをして、楽しげな声を張り上げている。お年寄りが犬をのんびり散歩させている。トレーニングウエアを着た外国人の中年女性がベンチで雑誌を開いている。そのとなりのベンチで、おとうさんがミライちゃんを抱っこひもから外し、ベビーカーに乗せ替えている。

「……」

くんちゃんは、補助輪付きの自転車にまたがったまま、動こうとしない。

同じくらいの歳の子供たちが生き生きと自転車を乗り回している。

くんちゃんは、身じろぎのひとつもせず、じっと見つめた。

子供たちの自転車の後輪に、補助輪がついていない。

ハッとしてくんちゃんは自分の自転車を見た。

補助輪が、しっかりとくっついている。

もう一度くんちゃんは前を見た。

子供たちは補助輪なしだ。

ハッと左右を見る。

補助輪ある。

ある。

「え？　本当に補助輪取るの？」

腰を上げつつ、おとうさんが唖然《あぜん》として訊《き》いた。

くんちゃんは険しい目つきでぐりっと振り返り、大きく頷《うなず》いた。

「うん」

「今から？」

「うん」

「じゃあ乗れるように練習するの？」

「うん」

「……ほんとにほんと？」

「うん」

おとうさんが駐車場に行き、車載の工具箱を手に戻って来た。モンキーレンチで六角ボルトを回すと、補助輪は簡単に外れた。

自転車の後ろをおとうさんに支えてもらって、くんちゃんはハンドルを握り、足を上げた。が、

「ん……っ、ん……っ、ん……っ、ん……っ」

サドルに足が引っかかる。足が短いせいだ。

「んんっ……っ」

やっと座れた。足元が微妙に爪先立《つまさき》ちだ。しかしこのあとどうやって動かせばいいのだろう？　うーん、わかんない。足を？　どうするって？　うーん、わかんない。

おとうさんが堪《たま》り兼ねたように声をかけた。

「……くんちゃん」

「教えて」

「えーと」

おとうさんがくんちゃんの足を持ってペダルの上に置く。

「ペダルに足を置いて、ぎゅっと踏むと進むから……」

言われるままにペダルを踏んだ。とたん、ハンドルから手を離しそうになるくらいに前に進んだ。同時に前輪がグラグラ揺れて、平衡を保っていられない。

「ああっ」

くんちゃんはあっさり倒れた。


ちゃんと乗れるためには練習をしなければいけない、とおとうさんは言った。

小さい時からペダルなし二輪車などで遊んでいる子供ならば、自転車に移行してもあっという間に乗れるらしい。そういうことはおとうさんも知っていたらしく、以前くんちゃんにもペダルなし二輪車を勧めたことがあった。しかしくんちゃんとしてはあまり興味を持てず、三輪車にばかり乗っていた。

今、もし自転車に乗りたいなら、ある程度の苦しい思いをしなければならない。自分も小さい頃はすごく苦労したけど、でもがんばって乗れるようになったんだよ。そう言っておとうさんは励ました。

ベンチにいた女性に、少しのあいだミライちゃんを見てくれるように頼んだ。女性は、もちろん、と快く承諾してくれた。

ベビーカーからミライちゃんが、広場の中心にいるくんちゃんたちに唸《うな》る。

「あー」

「大丈夫」と女性がミライちゃんに優しく微笑む。

おとうさんが、くんちゃんの背中を支えて言った。

「じゃあ出発」

が、

「怖い」

くんちゃんは足がすくんで動けない。

「支えてるから」

「……」

やっとペダルを踏み、よちよち歩きの子供みたいに前に進んだ。

「お、行った。よしよしよしよしっ」

が、ほとんど支えられている状態で、自分ではペダルも回していない。すぐに前輪がグラグラ揺れて、バタンと倒れた。もつれておとうさんも頭から転んでしまう。が、すぐ起き上がって心配そうに訊いてくる。

「痛くない？」

「痛い〜〜」

くんちゃんは訴えた。おとうさんはニコニコ笑って、じゃもう一回、と言った。

再び、おとうさんが背中を支えて、一緒に走る。

「右左っ、右左っ」

「ああっ」

掛け声がタイミングと合わず、もつれてふたりとも転んでしまう。くんちゃんは泣いた。もうやだよ、こわいよ。だがおとうさんはニコニコして言った。じゃもう一回。もっと思い切りペダルを踏むといいよ。さあ。

三たび、くんちゃんは言われた通りに、思い切り踏んだつもりだった。

「右左っ」

「ああっ」

が、どうしても前輪がグラグラして、結局、転げた。もう無理、とくんちゃんは目で訴えた。が、おとうさんは笑顔を向けるのみだ。

四たび、前輪が、

「ああっ」

グラグラして、あっという間に、倒れた。

泥まみれのくんちゃんは、堪り兼ねておとうさんに抱きついた。

「自転車怖い～～っ」

「泣かない泣かない」

同じく泥まみれのおとうさんが背中をさすりなだめても、くんちゃんは泣き続けた。

「怖い～～っ」

「あちゃーっ」

おとうさんが天を仰いだとき、チリチリン、とベルの音が鳴った。

「⁇」

自転車に乗った男の子たちが、次々とこちらにやってきて止まった。さっき遠くで遊んでいた活発な子たちだ。近くで見ると、思ったよりちょっと年上に見える。

「乗るの初めて？」

「練習してるの？」

「教えようか？」

「簡単だよ」

などと子供らしい親切心で口々に言った。なんと言っていいのか、くんちゃんはその申し出に戸惑い、答えあぐねていた。

すると、わあああん、とミライちゃんの泣き声がして、おとうさんがその方を見た。それからちょっと考えたような様子のあと、くんちゃんを見て言った。

「じゃあ、お兄ちゃんたちに教えてもらう？」

「……」

くんちゃんは返事をしないままおとうさんを見つめた。知らない子たちに教えてもらうのは不安だし、なにより、おとうさんと練習をしたい。そう言おうと思った。が口に出す前に、わあああん、とさらに激しい泣き声に引っ張られるように、おとうさんが立ち上がった。

「おとうさんっ……」

くんちゃんは引き止めようとしたけれど、振り返らずに行ってしまった。小走りで戻るおとうさんを、女性は弱り顔で迎えた。

「急に泣いちゃってねー」

「あースミマセン、ホントに」

おとうさんが何度も頭を下げている。

倒れた自転車を、くんちゃんはひとりで起こさなければならなかった。さっきまでならおとうさんが起こしてくれたが、いざ自分で起こしてみると、ずっしりと重く、すぐにもくじけそうになった。

男の子の一人は、「地面を蹴《け》るようにするんだよ」と両足で歩くような動きを見せた。「前出てみなよ」別の男の子は、両足を浮かせて進んでみせる。「勢いつけて浮かすの」

それぞれが矢継ぎ早に伝えると、

「じゃあ、先で待ってるよ」

と、軽やかに自転車を操って行ってしまった。なんとか起こしてサドルに跨《また》がったくんちゃんは、戸惑ったままひとり取り残された。言われたって動かせない。どうしていいかわからず、ベンチの方を見た。

「……」

おとうさんは、ベビーカーからミライちゃんをよしよしと抱き寄せている。かわいいねぇ、と女性が目尻《めじり》を下げて見ている。

くんちゃんは、心細げにつぶやいた。

「おとうさん……」

とても届かないような小さな声で言った。助けを求めるように。

「おとうさーん……」

だがおとうさんは、女性と話していて、気づいてくれない。

くんちゃんはじっとおとうさんのほうを見続けていた。

「おとうさん……」

男の子たちが様子を見に戻って来た。

「あれ？　どうしたの？」

「何かあった？」

くんちゃんの目に大粒の涙が膨らんでいるのを見つけて、顔を見合わせる。

「あっ、泣いてる？」

「ええ？　マジで？」

「なんでなんで？」

甲高い声で子供たちが騒ぎ立てる。

くんちゃんはおとうさんをじっと見つめ続けた。大きな涙の粒が、あとからあとから頬を伝ってポタポタと芝生に落ちた。子供たちの中にいて、くんちゃんはひとりぼっちだった。やがて耐えきれなくなり、大声を張り上げていた。

「おとうさ〜〜んっ」

「わあああああああんんん」

家に戻ってからも、両手をばたつかせて泣きわめいた。ヘルメットも脱がずに、涙と鼻水でぐちゃぐちゃの顔のまま、金切り声をあげておとうさんを叩《たた》き続けた。

「もおっ、おとうさん好きくないのっ」

「イテテ……」

叩かれながら、おとうさんはされるがままにしていた。おかあさんはミライちゃんに古いアルバムを見せていたが、時折、困ったように顔を上げてふたりの様子を見た。おとうさんはもっと困った顔で、一向に泣き止まないくんちゃんに言った。

「ごめんよ。でもまた乗りに行こう？」

「もう自転車乗らないのっ」

「そんな。何事にも最初はあるよ」

「なにごともないっ。もうっ」

「あ」

くんちゃんは、振り切るように子供部屋を出て行ってしまった。

おとうさんは、ため息まじりにおかあさんの方を見た。

「……ふうっ」

それに答えるように、

「……ふうっ」

と、おかあさんもため息をついた。

「あうー」

ミライちゃんが何かを指し示すようにアルバムに手を置いた。

「ん？」

おかあさんが覗《のぞ》き込む。ミライちゃんが、これだぁれ、と言っているように感じた。おすわりも自然にできるようになっていた。

「それはねー、ひいじいじ」

アルバムには、去年亡くなったひいじいじが写っていた。おかあさんは、ひいじいじのやさしい笑顔を懐かしむように見つめた。ちょうど10年くらい前、80代前半頃の写真だろうか。昔のお友達の会社で大型のオートバイに跨っている。たしか、開発したチームに請われて仕方なく一緒に写ったのだ、と照れたように教えてくれたんだっけ……。

青年

くんちゃんは中庭に飛び出た。夏の日差しがまぶしい。

くんちゃんは、ヘルメットを脱ごうとしたが、あごひもがなかなか外れない。

「んっ、んんっ、んんんっ」

力任せにやっと脱ぎ、そのまま、

「おとうさん好きくないのっ」

と、いら立ちまぎれに放り投げた。ヘルメットは白樫《しらかし》の木の根元でバウンドして、空中を回転した。すると、

「？」

回転するうちに、赤いヘルメットは、まるで魔法のように、古めかしい革の飛行帽に変身《メタモルフォーゼ》していった。

「あ……？」

と思わず身を乗り出した、その時——、

ババババババッ。

突如として巻き起こった凄《すさ》まじい風と、目を覆うほどのまぶしい光、そして耳をつんざくようなエンジン音。あまりの風圧にくんちゃんはのけぞった。髪が乱れ頬の肉が波打った。体が左右に大きく揺さぶられる。薄目を開けた隙間から、星のような形をしたエンジンと、高速で回転するプロペラが見えた。風はそれが引き起こしているようだ。白樫の木がまるで台風のさなかのように激しく波打っている。風圧でジリジリと押され、あとずさりしてしまう。乱れ飛ぶ木の葉みたいに、くんちゃんも今にも吹き飛ばされてしまいそうだ。

一体、何が起こったの？

そう思った次の瞬間、突如、風が止んだ。

「ゲホッゲホッゲホッ……」

思わずむせ返る。ホコリと機械油と線香のまじったような匂いがする。

目を開けるとそこは、薄暗い工場のような場所の一角だった。資材とも廃材ともつかない物が片隅に積み上げられている。木の壁にところどころある隙間から光が差していて、その帯の中に煙が漂い渦を巻いている。

また変なところへ来ちゃった……。

そのとき、

「……？」

くんちゃんは、その資材とともに置かれてある、特異な存在感を放つ物体を見つけた。放射状に並ぶ7つのシリンダーが前後にふたつ重なる計14気筒の、明らかに航空機用のレシプロエンジンだった。さっき瞼《まぶた》の隙間から見た星形のエンジンと同じだ、と思った。しかし目の前のそれは、シートが掛けられたままひっそりと台に固定されているだけで、プロペラもなく、動き出す気配もない。ではさっき猛烈な風を生み出していたあれは、どこへいったのか？

ボボボボボボボ……。

聞こえてくるエンジンの音は、先ほどと違ってずいぶんこぢんまりとしている。くんちゃんは音の出所を探して振り返った。小さな工場に似つかわしくなく、まるでどこからか運び込まれたように並ぶ大型の工作機械群があった。ほかに、ハンモック、蚊取り線香の煙、長椅子の上に置かれた桃がひとつ。

そして定盤の上に、組み立て途中のオートバイがあった。塗装もカバーもない、溶接の跡の生々しいトラス構造のフレームに、シリンダーヘッドが左右に配置された既製のエンジンが載せられていた。音は、そこから発せられているのに違いなかった。燃料タンクはまだ取り付けられておらず、瓶に入れた燃料が点滴のように吊《つ》り下げられていた。

そこでようやく気がついた。

オートバイの前に背を向けてしゃがみ、キャブレターの調整をする人物がいた。

くんちゃんはドキリとして、思わず小さな声を上げた。

「……あ」

「……？」

声に気付いたように、その人物はゆっくりと立ち上がった。油と汗の染みた袖《そで》なしシャツ。ポケットのついたズボン。使い込んだブーツ。長身に痩《や》せた体。首に掛けた細身の手ぬぐい。後ろに撫《な》で付けられた黒い髪。不思議そうにこちらを見下ろすふたつの目。その人物——青年は言った。

「……なにか用かい？」

「あわわわわわ」

くんちゃんは焦ってキョロキョロし、隠れる場所を探して右往左往した。

「こいつに興味あるだかい？」

作りかけのオートバイに手を置いて青年が言った。立つと余計に背が高く、痩せて見える。くんちゃんはどぎまぎしながら首をぶんぶん振って否定した。

「ううん」

「乗ってみるかい？」

「ううん」

「遠慮しねっていいで」

「ううん」

「ほんとは乗りてえんだろ？」

「ううん」

青年はこちらを見て、心底がっかりしたように肩を落とすと、

「なんだ。乗らねえのか。残念だなあ」

と、足を引きずるようにして定盤から下りた。「何事にも最初はあるになあ」

「……なにごとにも？」

立ち止まってくんちゃんは、鸚鵡《おうむ》返しに聞いた。青年は、工場の大きな扉に体重をかけて押し開き、

「そう。最初はある、って言うだろ？」

とニヤリと笑うと、上着を肩に引っ掛けて出て行ってしまった。

聞き覚えのある言葉だった。なぜ初めて会った人なのに、そのようなことを言うのだろう？　この人は一体、誰なんだろう？　そしてその言葉は以前、どこで、誰が言っていたんだっけ？

工場は、まるで林の中に隠されているかのように建っていた。下見板張りの壁面に

水道管や電線管がむき出しに設置されている。林道はごつごつした分厚いコンクリートで舗装されていた。まるで誰かが急拵《きゅうごしら》えで敷き詰めたかのように。そしてそのあと全てが無駄になり、そのまま放置されたかのように。

くんちゃんは少し迷ったが、青年の後をついていくことにした。


林を抜けて畑道に出ると、そこは崖《がけ》の上だった。

本牧岬《ほんもく》がせり出して見える。屏風《びょうぶ》ヶ浦《うら》の海水浴場から子供の歓声が薄く聞こえる。白旗《しらはた》山の松の木も見える。海の向こうに薄く房総《ぼうそう》半島が見える。海岸線に並行する国道を、横浜市電がチンチンと音を立てて杉田方向へ行く。その沿道には家々の瓦《かわら》屋根が並び、その中には古い茅葺《かやぶ》き屋根すら見える。——古い？　ここは確かに、くんちゃんが住む街には違いないが、くんちゃんが知る風景はひとつとしてない。根岸線も、湾岸線の高架も、埋立地の重化学工業地帯も見当たらない。眼下に広がるのは、それらができる前の光景だった。

だが、そんなことはくんちゃんにとっては知る由もない。くんちゃんの視線は、畑道の先を行く青年の、足が悪いのか、引きずるような歩き方に注がれていた。右足だけつま先が横を向き、そのせいでがに股《また》のような歩き方になっている。

くんちゃんは後ろからじっと見つめていたあと、浅黒い背中を見上げ、

「……足」

「ん？」

「足、痛い？」

と、ストレートに疑問を投げかけた。

青年は横目でくんちゃんを見て、

「こいつか。これはな、戦争の時に乗ってた船がひっくり返《けえ》ってこうなっちゃってな」

と、まるで転んで膝《ひざ》を擦りむいたみたいな口調で言い、

「でも、慣れちまえば、案外不便じゃねえけどな」

と、水平線の向こうを眉間《みけん》にしわを寄せて眩《まぶ》しそうに見た。

「……」

くんちゃんも同じ方向を見てみた。

でもなにもない。ただ雲が浮かんでいるだけだ。

畑道をしばらく行った先で、柵《さく》で囲われた広場のような場所に出た。そこに隣接する板張り2階建ての建物に、青年は振り返りもせず入っていってしまった。

くんちゃんはどうしたものか、しばらく思案した。ついて行っていいものかどうか

と、そこらをうろうろしてみた。青年が何者なのか全くわからない。にもかかわらずなぜか惹《ひ》きつけられてしまう。それはなぜなのだろう？　長いこと躊躇《ちゅうちょ》した挙句、意を決して踏み出した。

近づくにつれ、動物の放つ独特な匂いがした。中に何がいるのだろうか。暗い扉の中を覗《のぞ》き込んだ。

「あ……」

と思わず声が出た。

いくつも仕切られた房から、何頭もの馬がのっそりと顔を出した。珍しいものでも見るようにこちらを見つめている。厩舎《きゅうしゃ》だった。奥で青年が呼びかけた。

「ほお、入《へえ》んな」

恐る恐る入ると、左右の馬を見比べた。淡い茶色の仔馬《こうま》や灰色の大きなものなど、いろんな種類がいるようだ。本物を間近に見ると、図鑑やビデオなどで見るのとはまるで迫力が違う。

「……見るの、はじめて」

くんちゃんの言葉に、

「はじめてだって？」

まさか信じられない、とでも言わんばかりに青年は顔を歪《ゆが》め、ずんずんと大股《おおまた》でやってくると、ハッと身構えるくんちゃんの前に勢いよく腰を落として、確認するように顔を近づけた。

「馬を？」

「うん」

「見るのが？」

「うん」

「ほんとか？」

「うん」

「……」

青年は眉間にしわを寄せ、くんちゃんの顔を覗き込んだまましばらく黙り込んだ。見つめられてくんちゃんはどうしていいのかわからず、生唾《なまつば》を呑《の》み込むばかりだった。するとと、ふっと青年の表情が緩んでニヤリと笑ったかと思うと、

「誰かいるかい？」

と振り向きざまに奥へ叫んだ。黒板の奥から若者がふたり、顔を出した。

「はい」

「馬装頼めるかい？」

「もちろんです」

「すぐ準備します」

返事すると、すぐ奥へ消えた。

ほどなくして厩舎の外に、毛並みのいい一頭の馬が引かれてきた。少し小さめの栗毛の乗用馬だった。若者のひとりは腹帯《はらおび》を引っ張り上げてしっかり留め、もうひとりは青年に手綱を渡した。

「ご苦労だったなあ」

と青年は若者たちに礼を言い、馬にオーラ、オーラ、と声かけしつつ顔や首を親しげに撫《な》でた。タイミングを見てたてがみを摑《つか》み、まるで裸馬に乗るときみたいに鐙《あぶみ》を使わずにひょいと乗った。乗ってから素早く鐙に足先を入れる。

その身のこなしにくんちゃんは、

「わあっ、すごいっ」

と素直に感動して何度も跳ねた。

青年は手綱で馬を操ると、

「ほら」

と、落ちそうなほど身を屈《かが》めてこちらに手を伸ばした。おまえも乗れ、ということなのか。そんな、とんでもない。できない。手のひらと首を振ってはっきりと拒否した。

「できない」

と。にもかかわらず襟ぐりを摑まれ、

「わあっ」

あっという間に鞍《くら》の上に引っ張り上げられていた。馬は首を回してゆっくりと止まる。

「あああっ」

馬上からの眺めは驚くべき高さで、まるで2階から見下ろすみたいだった。ゆらゆらと足踏みするので、すぐにでも落っこちてしまいそうになる。もし落ちたらきっと怪我なんかでは済まないだろう。目が眩《くら》んで気を失いそうになる。くんちゃんは青年の腕にぎゅっとしがみつくと反射的に叫んでいた。

「あああ……っ、おとうさんっ」

その言葉に、青年が苦笑する。

「おとうさん？　俺《オラ》が？」

馬も落ちつかず足踏みする。

「おとうさんっ。おとうさんっっ」

揺れる馬上で固く目を閉じ、腕をしっかり摑んで離さない。

「怖がらねえ。怖がると馬も怖がる」

青年は穏やかに声をかけ、それから馬首を丁寧に反対方向へ向けた。

「行くど」

馬は、丘の上の畑道をゆったりと歩いた。

崖《がけ》の反対側は段々畑になっていて、ジャガイモとサトイモとサツマイモの葉ばかりがどこまでも連なっていた。鞍の上からでも、馬の肩の規則的な筋肉の動きを感じることができる。くんちゃんは揺られながら、硬い姿勢でずっと下を向いて、手綱を握り締めていた。

くんちゃんはさっき青年のことをおとうさんと呼んだ。とっさに口に出てしまったが、その際に不意に思い出したことがある。あの言葉――何事にも最初はある――を聞いたのは、子供部屋で、相手はおとうさんだった。間違いない。確かに言っていた。だとすればひょっとして、この青年は若い頃のおとうさんなのだろうか？

青年が落ち着いた声で言った。

「もう馬は怖がってねえ。俺《オラ》たちを受け入れたんだ。怖くねえだろ？」

「……少し」

下を向いたまま答えた。

青年は、彼方《かなた》の地平線を指差してみせた。

「なら、ずっと先を見る。下は見ないで、何があっても遠くだけ見る」

くんちゃんは緊張のため、すぐには見ることができない。しかしまばたきを何回かしたあと、目をいっぱいに閉じてから言われた通りに顔を上げ、そーっと慎重にまぶたを開いた。

「……」

地平線の先まで白い雲がいくつも浮かんでいるのが見えた。根岸湾からの海風がそよいで、髪の間を心地よく通り抜けた。そのせいで、強張《こわば》った気持ちが徐々にほぐれていくのがわかった。

よく見ると彼方に何かがあることに気づく。川を挟んで向こう側の丘の上に、大きな建造物の影が見える。

根岸競馬場の一等馬見所だった。

「あ……」

くんちゃんはそれと同じ建造物を知っている。根岸森林公園にある、廃墟《はいきょ》の観客スタンドだ。間違いなかった。周囲の風景が全く違うにもかかわらず、そこだけ同じ建物がある、という、なんとも言えない不思議な感覚に包まれ、しばらく呆然《ぼうぜん》と見続けていた。

「な？　これだと怖くない」

穏やかな声で青年が言う。くんちゃんは我に返って見上げると、笑顔を見せた。

「うん」

青年は脚で馬の腹に合図を伝えた。と、それに反応して馬は駈歩《かけあし》を始めた。今までとは違うリズミカルな上下の動きに、くんちゃんは目を丸くした。

「あああっ」

くんちゃんを乗せた馬は、アップダウンのある丘の畑道を駆け抜けてゆく。

今度こそ振り飛ばされるのではないか。くんちゃんは再び固く目を閉じてしまった。

すかさず青年は、背筋を伸ばして言い放つ。

「遠くを見る」

「あ」

くんちゃんはハッとなり、がんばって顔を上げ、地平線を見た。競馬場のスタンドを目印にする。先ほどよりは早く、気持ちが落ち着くのが自分でもわかった。駈歩のリズムに徐々に慣れてくる。

「いいぞ。速度上げるよ」

青年は微笑み、短い息と足元で合図を送った。栗毛の馬は、見事な全速力となり、解き放たれたように丘陵を駆け抜けた。

激しい蹄《ひづめ》の音と風切り音が、一瞬、高まった。

気がつくとくんちゃんは、オートバイに乗って湾岸沿いの国道を走っていた。

おとうさん

ブオオオオオンッッ。

海がキラキラと眩《まぶ》しく反射している。のんびりと北上する横浜市電と一瞬ですれ違う。根岸湾を回り込みつつ国道を南下してゆく。

くんちゃんの体は革のベルトで、操縦者である青年の体にしっかり固定されている。BMW製494cc水平対向空冷2気筒エンジン24馬力の振動が、燃料タンクに腹這《はらば》いの体勢でいるくんちゃんにビリビリと伝わってくる。そのタンクには馬のマークがペンキで描かれていた。そう、さっきまで確か、栗毛の馬に乗っていたはずなのに……、と戸惑い、いつの間にか着けていたゴーグルの中で何度もまばたきすると、その訳を問うように青年を見上げた。

青年は、さっきまで肩に掛けていた革のジャケットに身を包み、両手に分厚いグローブをしていた。夏用飛行帽のベルトが風にはためいている。

「あすこ」

ゴーグルの中の瞳《ひとみ》が一瞬だけ左方を見た。その示された方をくんちゃんも見た。

「俺《オラ》が前に勤めていた飛行機の会社」

杉田の上り坂を行く木々の間から、埋立地に建つ大きな工場のノコギリ形の屋根が垣間《かいま》見えた。おそらく、あの林の中の工場に置かれていた14気筒の航空エンジンを作っていた場所なのだろう。しかし人影は全く見えず、窓も穴のように暗く、まるで死んでしまった建物のようにくんちゃんには感じられた。青年がギヤを上げると風景は一気に加速し、死んでしまった建物は遥《はる》か後ろに消えた。

京急本線の車両とすれ違い、さらに国道16号を南下する。

富岡《とみおか》から金沢八景《かなざわはっけい》に続く未舗装の山道で、青年は急なカーブをスムーズな倒し込みで軽々と旋回していく。厳しいカーブも速度を緩めず攻めていく。カーブから立ち上がり、すぐにまた倒し込んでいく。まるでくんちゃんの度胸を試しているように。

カーブの先に現れた船越《ふなこし》トンネルの穴へ、つっ込んでいく。

「まだ恐いかい？」

暗闇の中で青年は訊《き》いた。

くんちゃんはこわばった顔で、強がりのように言った。

「……。恐くない」

「地平線、見えるかい？」

薄目を開けると、トンネルの出口が近付いてきた。

「……見える」

まばゆい光の中へ飛び込んでいった。

船越トンネルから田浦《たうら》町へ抜けると、そこは横須賀《よこすか》本港である。

かつて横須賀港は機密であったため湾岸沿いの道に目隠し用の高い壁が張り巡らされていたという。が、既にその壁は取り払われ、重厚なハンマーヘッドクレーンやジブクレーンが、停泊する米軍艦のマスト越しに林立している。くんちゃんは目を丸くしてその壮観な光景を見た。右方に目線を移せば、第2船台の巨大なガントリークレーンが圧倒的な存在感で見下ろしている。全てがあまりにも規模が大きく、まるで巨人の国に迷い込んだような錯覚を覚える。EMクラブの前では陽気に歌いながら歩く外国兵の姿があり、またそれと対照的に、肩を落とし疲れ切って行列するたくさんの荷物を抱えた人々ともすれ違った。街角に子供の姿も見えた。押し並《な》べて痩《や》せていたが、ぎゃあぎゃあと快活な声を上げ走り回っていた。

馬《ま》堀《ぼり》海岸沿いの道を砂ボコリを巻き上げて進んでいると、資材をいっぱい積んだボロボロのボンネットトラックとすれ違った。そういえばここまで自動車を見かけることがほとんどなかった。荷物は大概、馬か牛が運んでいた。古めかしい家々が並ぶ走《はし》水《りみず》のひっそりした磯《いそ》を抜け、観音崎《かんのんざき》をぐるりと回る頃には、それもめったに見かけなくなった。

そのかわり沖には様々な船の姿を見ることができた。そのたびにくんちゃんは海を指差し、

「船だっ」

と叫んだ。

帆を広げる打瀬網船《うたせあみ》。

東京湾を出ていく第9号輸送艦。

久里浜《くりはま》からは、浦賀《うらが》に向かう復員輸送中の空母鳳翔《ほうしょう》の艦影も見えた。

青年はぽつりと呟《つぶや》いた。

「どんな乗り物だってコツは同じだに。ひとつ乗れたら何でも乗れるようになる。馬だって、船だって、飛行機だって──」

三浦《みうら》海岸から半島を西岸に回り込んだ。夕陽に海がギラギラと光っていた。ガタガタの田舎道を、オートバイはどこまでも走り続けた。

くんちゃんは、青年を見上げた。

「おとうさん」

「ん?」

「かっこいい」

青年は、前を見たままだ。

「そうだろ。こいつは俺《オラ》が作ったんだから」

「じゃなくて」

くんちゃんは、じっと青年を見つめた。

「……」

憧《あこが》れに似た、このなんともいえない気持ちを、何らかの方法で伝えたかった。しかしただ見つめ続けることしかできなかった。青年はその目線に気付き、短く、フッと笑ってみせた。ただそれだけだった。再び顔を上げたときには、ゴーグルが反射して目の表情を隠してしまった。

海岸沿いに広がる葦原《あしはら》を、青年のオートバイは、エンジン音を響かせて、どこまでも走っていった。

それと交差するように、別の種類のエンジン音が聞こえた。空を仰ぐと、遠くに飛行機の機体が見えた。あまりに遠すぎて、どんな機種なのか判別できない。しかしこの特徴的な音は、7つのシリンダーが複列に並んだ、あのエンジンと同じであるように、くんちゃんには聞こえた。

次の日の朝になった。

おかあさんは、出掛ける間際になって判明したおとうさんのうっかりトラブルに、プリプリ怒っていた。

「なんでこんな大事な書類を出し忘れるのよ」

おとうさんは、Tシャツ短パン、寝グセのままのだらしない恰好《かっこう》で、おかあさんのあとをついて行く。昨日仕事で徹夜して、今起きたばかりなのだ。

「ごめんよ～」

「お願いしておいたじゃない。もうっ」

「だからごめんよ～」

弱り顔そのままの情けない声をあげた。「そんなに怒らないでよ～」

くんちゃんは、そんなおとうさんを、ずっと見つめていた。

「……おとうさん」

「ん？」

憧れの眼差《まなざ》しで言う。

「おはようです」

「なにくんちゃん、それ敬語？」

おとうさんはびっくりして聞き返した。

くんちゃんはヘルメットを被《かぶ》り、顎《あご》の下のベルトをしっかりと締めたあと、厩舎《きゅうしゃ》にいたあの若者たちみたいな口調で言った。

「公園行くです」

「え？」

「自転車乗るです」

「え？」

「ですっ」


再び、根岸森林公園の円形広場にやってきた。

「ほんとにひとりで大丈夫？」

抱っこひもでミライちゃんを揺らしながら、おとうさんはベンチの脇から見守っている。くんちゃんは、決意の表情で背を向けた。

「大丈夫」

自転車にまたがろうと颯爽《さっそう》と足を上げる。

「んっ……」

が、また足がサドルにひっかかった。足が短いせいだ。

「んっ……んっ、んっ……んっっ」

件《くだん》の自転車に乗った男の子たち四人が、遠くから注視している。

「んっ……んっっ」

やっとまたがることができた。ペダルに足を置き、力を込めて踏んだ。が、すぐにぐらぐら揺れ、ちょっと進んだだけですぐに倒れた。

「あっ」

おとうさんから声が漏れる。

くんちゃんは重い自転車を起こし、

「遠くを……遠くを見る……」

青年が言っていた言葉を、口真似するみたいにつぶやいた。

顔を上げたままペダルを踏んだ。揺れてすぐに両足をついてしまう。もう一度ペダルを踏み直す。ゆらゆら進むが、先ほどより少し長い距離を進んだところで、やはり倒れてしまった。

「あああっ。がんばれくんちゃんっ」

おとうさんが思わず前のめりになる。すぐに走って行きたい気持ちを堪《こら》えているように。

何度も転んで、くんちゃんは泥だらけになった。それでも懸命に自転車を起こすと、はあはあと息荒くペダルを踏む。

「……遠く……遠く……」

四人の男の子たちも、固唾《かたず》を呑《の》んで見ている。またさっきより少しは長く進んだだろうか、と思った矢先に派手に転ぶのを見て、四人とも身をすくめた。

「あ〜〜っ」

おとうさんも悔しそうに頭を抱えた。ミライちゃんだけが、抱っこひもの中で身じろぎもせず見ている。

くんちゃんはもう全身汗だくで、疲れも溜《た》まっているのだろう、自転車を起こそうとしても、なかなか起こせなくなってきた。それでも力を振りしぼる。

「遠く……遠くを……」

流れる汗の中で、ハッと目を見開いた。

蔦《つた》の葉にびっしり覆われた、廃墟《はいきょ》の観客スタンド。

それを見つめたまま、ペダルを踏んだ。

「……んっっ」

ヨロヨロと進み出しても、ずっと前を見続けた。

「んんんん……っっっ」

グラグラ揺れていて、今にも倒れそうになる。が、なんとかギリギリで持ちこたえている。

おとうさんは震え、拳《こぶし》を握りしめる。

「おおっ、すごいっっ」

くんちゃんは前を見続ける。前輪がありえないほどグラグラ揺れている。なのに、なぜか不思議と倒れない。

じっと見るその目にありありと映っていたのは、目の前の廃墟ではない。

海風のそよぐ丘の上で青年と一緒に見たあの根岸競馬場の、一等馬見所だった。

「あああ」

激しく揺れるが、ペダルを踏み続ける。まだ倒れない。

「すごいっ、すごいっ」

おとうさんは握った拳を大きく振って叫ぶ。

自転車はまだ倒れない。ヨロヨロとしつつも倒れない。着実に進み続ける。その足がペダルを踏み続ける限りは。

つまりそれは、くんちゃんが自転車に乗れるようになった、ということと同じだった。

「やったーっ、くんちゃんやったーっ。やったよーっ」

ベンチの横で、おとうさんは大きく手を振って喜んだ。ぴょんぴょんと跳ねながら、いつまでも手を振り続けた。

くんちゃんは地面に両足をついて止まり、

「ふう」

と一息ついた。すると、男の子たちが次々とやって来てブレーキ音を鳴らした。

「あっさり乗れたじゃん」

「簡単でしょ？」

呆然《ぼうぜん》とするくんちゃんに笑顔を向けて、口々に祝福した。そして、

「遊ぼうよ」

と一方的に言って、先へと踏み出して行く。

あの子たちみたいに、自分も自転車に乗れるようになったんだ。そう思うと、なんとも心地のよい満ち足りた気持ちが、胸の奥からじわじわと広がっていくのがわかった。

「一緒に行こう」

男の子たちが呼ぶ。くんちゃんは笑顔で、力強くペダルを踏み出した。

「うんっ！」

「なんというか、成長の階段を昇る瞬間に立ち会ったというかね」

おとうさんはいまだ興奮冷めやらず、といった調子で、さっきの出来事を伝えた。

おかあさんは、両手でくんちゃんの髪をくしゃくしゃに撫《な》でて、いっぱいに褒めた。

「すごいくんちゃんすごい〜っ」

「キャハハハハ」

くんちゃんは笑いながらぺたんと座ると、床に広げたアルバムを徒《いたず》らにめくり、嬉《うれ》しいようなくすぐったいような表情を見せた。

「くんちゃん、おとうさんが応援してくれたからがんばったんだよ」

とおかあさんは言う。その解釈がおとうさんには意外だった。改めてくんちゃんを見つめて、

「そ、そうかな？」と訊《き》く。

「そだよ」

「……」

アルバムをめくる無邪気な姿を見ながら、急におとうさんの胸に様々な思いが去来した。自分の小さな頃と重ね合わせると、ぐっと込み上げるものがあり、つい涙が滲《にじ》んでしまう。それを素早くまばたきしてなんとかごまかす。

「……子供ってすごいね。誰に教わったわけでもないのに、突然ポンッ、とできるようになるんだからさ」

言いながら抑えきれず、洟《はな》をすすり、人差し指で涙をぬぐった。

おかあさんは、おとうさんの腕の中のミライちゃんを見て言った。

「そういえばさあ」

「ん？」

「ミライちゃん、あなたに抱っこされても泣かなくなったよね」

「……え？」

「安心した顔してる。あなたの抱っこの腕も上がったんじゃない？」

おとうさんは、ミライちゃんの顔をしげしげと見た。が、思い直すように首を振って、

「いやいや、僕のことなんてどうでもいいんだよ今は。とにかく、くんちゃんがすごいってことだよ」

と、笑った。

「フフフ。はいはい」

おかあさんは苦笑して身を引いた。自分の小さな一歩よりくんちゃんに夢中なら、今はそのままにしておこう、と思った。

すると、くんちゃんは、

「あ、これおとうさん」

と振り返った。

「ん？　どこ？」

おかあさんもアルバムを覗《のぞ》き込む。くんちゃんは古い写真の中の、ある一枚を指してみせた。

「これ」

「ちがうちがう。これ、ひいじいじだよ」

「ううん。おとうさん」

「違うって。ひいじいじ。去年亡くなった……」

「ひいじいじ？」

写真の中のゴーグル、オートバイ、革の上着、林の中の工場。

そしてくんちゃんがずっとおとうさん、と呼んでいた青年の姿――。全てこの目で見てきたものがそこに写っていた。

「ひいじいじ、戦争中は戦闘機のエンジンを作ってたのね。そのあと徴兵されて、船で体当たりする特攻隊に入れられたんだけど、運よく死なずに済んで、戦後はオートバイの開発をする会社を……」

おかあさんの言葉が遠のいてゆく。

「……」

くんちゃんは、じっと見つめ続けた。

写真の中の青年は、静かに何かを語るように、こちらを見ている。

「……」

やがてくんちゃんは、それを受け止めたかのように、

「……なーんだ。そうだったのか」

と、微笑んだ。

「ありがとう、ひいじいじ」

青年も微笑み返したように、くんちゃんには見えた。

家出

夏の強い日差しが、濃い影を落としている。

ファーン、と水色ラインのE233系車両が警笛を鳴らし、軽快に走っている。東京駅在来線ホームには、中央線、山手線、スーパーあずさ、東海道線、踊り子、サンライズ出雲《いずも》、成田《なりた》エクスプレスの各車両がずらりと並んでいる。E233系は、ファーンと警笛を鳴らして東京駅に滑り込むと、そのまま「通過」した。

「いゃあだ」

と、下半身がパンツだけのくんちゃんは、ズボンを放り投げた。既にいくつもの半ズボンが散乱する子供部屋の床を、E233系が通り抜けてゆく。

「じゃあこれは？」

と、おとうさんの広げた縞《しま》のズボンを、不機嫌そうに払いのける。

「いやっ。黄色いのは？」

「今洗濯中」

くんちゃんは拗《す》ねたみたいにしゃがんだ。おとうさんが引き出しから紺の半ズボンを出しても、ぷいっとあっちを向く。

「黄色いのがいい」

「まだ乾いてないし」

「いやだ」

「じゃパンツのままで行く？」

「いやあだっ」

「だったら穿《は》いて」

とおとうさんは少しの隙を見逃さず狙いすましたように襲いかかり、くんちゃんを押さえ込んで紺のズボンを穿かせにかかった。身動きできないくんちゃんは、わあっと叫ぶと手足をバタつかせて抵抗した。

「いやだあぁ〜〜〜っっ」

子供部屋を出たE233系は、お菓子の箱や書類入れ、ティッシュ箱や植木鉢に支えられたレールの上を伝って、中庭まで上った。さらにその上の階段を、洗濯カゴ、積み木、消しゴム、計量カップを積み上げた精巧なループ橋をぐるぐると忍耐強く上り切り、ダイニングに辿《たど》り着く。

「ワンワン。ワンワン」

ゆっこが出迎えるように吠《ほ》え立てるが、E233系は構わず進んでゆく。牛乳の紙パック、図鑑、恐竜のフィギュア、絵本で出来た高架を車輪を唸《うな》らせながらさらに上のリビングへと上る。

「いたたたたっ……」

ゆっこの鳴き声に、おかあさんは辛《つら》そうに額を指で押さえた。昨日の夜からの頭痛が今も尾を引いていた。

「あうー」

ミライちゃんが朝からあちこちを這《は》いずっている。リビングまで上って来た京浜東北線の車両にも興味を示さず、左右を見回している。まるで何か失くしたものを探そうとしているように見えた。

「何かお探しですかー?」

月齢が8か月を迎える前にハイハイを覚えてしまった。くんちゃんよりも全然早い。動き出したら片時も目が離せなくなってしまう時期が、もうやってきてしまった。おかあさんは、

「ミライ飛行ーっ」

と抱き上げると、床に寝かせてロンパースをテキパキ脱がしていった。

「さ、お着替えしましょ」

そこへ、

「おかあさん、黄色いズボンがいいの」

と、くんちゃんが半ズボンに手をかけて、不満を訴えるように上って来た。一緒にゆっこもやってきてワンワンと煽《あお》るように吠える。

「ゆっこ黙って。頭に響くから」

「ねえ黄色いのがいいっ」

「似合ってるよ、とっても」

「ねえ黄色いの。……もう、ゆっこうるさいっ」

八つ当たりのくんちゃんが、ワンワン吠えて逃げるゆっこを、ぐるぐる回って追いかける。真ん中でおかあさんは頭痛に耐えて顔をしかめながら、逃れようとするミライちゃんを押さえつけてお出かけ着を着せていた。旅行のために取っておいたおろしたてのお洋服なので、着せて可愛らしさを愛《め》で、楽しみたかったが、このカオスのような状況ではとてもそんな余裕はなく、ただ袖《そで》を通させるだけの作業と化していた。

階段の下から、虫取り網を持ったおとうさんがひょっこり顔を出した。

「もう時間だ」

「わかってます」

「荷物積まなきゃ」

「わかってるって！」

思わず声を荒らげた。

身を縮めたおとうさんが伏し目がちにリビングに上って来ると、ソファの上のカバンを四つまとめて素早くひっ掴《つか》んであっという間に踵《きびす》を返した。

「はいはいごめんなさいもう口ごたえしません」

「何その言い方」

「えーとその、何でもないない」

逃げるような速度でおとうさんは階段を降りて行った。

「も～っ」

どうしてみんなこうなの？　と、おかあさんの苛立《いらだ》ちが募る。

するとと不意にくんちゃんは、

「青いズボン、大嫌いになったの」

と立ち止まり、

「黄色いのがいい」

と出し抜けにズボンを脱いだ。

「あ～っ、脱がない脱がない」

おかあさんは慌ててくんちゃんの手と一緒に持ってズボンを引き上げた。

「ねぇ、あのさー」

下でおとうさんの呼ぶ遠慮がちな声に、ゆっこが反応してワンワンと降りていく。

おかあさんはため息交じりに、

「はーい。はいはいはいはーい」

と返事をして、着替えの終わったミライちゃんを抱っこして階段を降りていった。

ひとり、くんちゃんだけが残された。

さっきまでの喧騒《けんそう》が、嘘のように静まり返っている。

「……」

ぽつりとひとりごとみたいに言ってみた。

「やっぱり、くんちゃんよりミライちゃんのこと大好きなの……？」

しかし、誰も答えない。

「……ねぇっ！」

地団駄を踏んで叫んだ。

「もう出掛けるよ」

おかあさんの声がした。とても遠い場所にいるような声だ。

「行かないっ」

「じゃあどうするの？」

「家出っ」

「え？　家出って、上のお部屋に？」

「うんっ、もう戻らないからっ」

言うや否やがばっと振り返り、ずんずん上の階への階段を上って行った。

少しして、階下からおかあさんが顔を出した。

「くんちゃん？」

が、くんちゃんはもう行ってしまったあとで、リビングには誰もいなかった。

やれやれ、と、おかあさんは目を閉じた。

「……ふうっ」

どうにも収まらないくんちゃんは、洗面所の扉を勢いよく開けて入って来て、お風《ふ》呂《ろ》場にある空の浴槽にしゃがんで隠れた。それからちょっとだけ頭を出して、

「くんちゃんいなくなったよっ」

と自分で大声で言うと、頭をひっこめて、捜しにきてくれるのを待った。

「……」

が、何の反応もない。家の中はシーンとしている。

「もうっ」

次に、寝室のクローゼットの中に体をねじ込んで、

「くんちゃんいなくなったよっ」

と自分で大声で言ってから、扉を閉めた。

「……」

が、何の反応もない。

「もうっ」

大股《おおまた》で戻ってきて、

「なんで来てくれないのっ？」

と唇を尖《とが》らせた。

が、

「……あれ？」

リビングから見下ろすと、家の中は、本当に、誰もいなかった。ゆっこの姿すらない。

「……どこ？」

静まり返ったダイニングに、ファーン、とE233系の乾いた警笛がむなしく響いた。虫取り網が、まるで置き忘れられたみたいにテーブルに立てかけてあった。

「……みんな、くんちゃんを置いて行っちゃったの？」

哀しさが胸の底からこみ上げてきて、涙が滲《にじ》んだ。

「ふああああああん……」

自分を置いて行くなんて、ひどい。泣きながらだんだん腹が立ってきた。鼻水を垂らしてがなり散らした。

「みんな好きくないのっ！」

くんちゃんは決意した。

もういい。そっちがそういうつもりなのだったら、こっちだってほんとうに家出してやるんだ。

くんちゃんはダイニングに駆け降りると、冷蔵庫のドアポケットから紙パックのオレンジジュースを引き抜き、リュックに入れた。のどが渇いた時にはこれを飲めばいい。次にダイニングテーブルの上の果物カゴに手を伸ばし、ナシやキウイなどの中から躊躇《ちゅうちょ》なくバナナを鷲摑《わしづか》みにするとリュックにつっ込んだ。お腹が空《す》いた時にはこれを食べればいい。

ガラス扉を開けると、中庭に若ツバメが一羽、迷い込んでいる。しかしくんちゃんは気にする余裕もなく、スニーカーを履いて中庭への階段を降りた。

すると、

「良くないなー」

唐突に、聞き慣れない声がした。

「え？」

と、その方向を見た。

次の瞬間、気がつくと、くんちゃんは無人駅のホームに立っていた。

「……あれ？」

突然のことに、周囲を見渡した。単線の線路以外はホーム脇に大きな白樫《しらかし》の木が葉を茂らせているだけで、それ以外は青々とした稲田が遠くまで広がっているだけだ。民家の影は遥《はる》か彼方《かなた》にしか見えない。こんな場所に本当に電車がやってくるのか怪しいくらいの、まるで世界の果てにあるような無人駅だった。遅い午後の黄色く染まり始めた空に、さっきの若ツバメが飛び去っていった。

声は、ホーム上にある、小さな待合室から聞こえてきた。

「良くない。何かってその態度。ああ、良くないなー」

くんちゃんは、警戒しながらゆっくりと近づき、待合室の中をそーっと覗《のぞ》いた。

「……だあれ？」

そこにいたのは、だらしなく足を前に投げ出してベンチに座り、ポケットに手を入れた、男子高校生だった。

男子高校生は前髪の隙間からくんちゃんを見たまま、淡々とした口調で言った。

「これからキャンプに行くんだろ？　昆虫採集して、お祭りの花火見て、じいじとばあばの家に泊まるんだろ？　みんな楽しみにしてた夏の休日じゃん。いい思い出作っちゃおうって、張り切ってるわけじゃん。それをさあ、『好きくない』、じゃないだろ」

上から諭すようなその物言いに、くんちゃんは唖然《あぜん》とした。なぜ初めて会ったばかりなのに、このように責められなければならないのだろう？

「だから、だあれ？」

もう一度、聞いた。

なのに、男子高校生は答えずに続けた。

「ズボンといい思い出、どっちが大事なんだよ」

「……」

「な、わかるだろ。わかったらごめんなさいして来いよな」

くんちゃんは男子高校生を睨《にら》みつけて言った。

「ズボン」

「え？」

「好きくないじゃないじゃない」

「はあ？」

くんちゃんは、絶対に曲げないぞ、という強い意志でがなった。

「好きくないじゃないじゃないっ」

男子高校生も、絶対に曲げないぞ、という強い意志でがなった。

「好きくないじゃないじゃないじゃないっ」

「好きくないじゃないじゃないじゃないじゃないじゃないっっ」

「好きくないじゃないじゃないじゃないじゃないじゃないじゃないっっっ」

がなりあっていると、いつの間にか単線の線路を渡って列車がやって来た。水色ラインのE233系だった。しかしたった4両編成しかない。ホームに滑り込むと、ブレーキ音を響《ひび》かせて停車した。

無人駅の錆《さ》びた駅名標には、『いそご』とあった。

待合室の扉につかまり目の前の車両を固唾《かたず》を呑《の》んで見ていると、プシューとエアシリンダーの音がして、ドアが開いた。くんちゃんはドキリとして飛び退いた。ドア横の行先表示窓は暗いままで何も表示されていない。

この電車は一体、どこからやって来たのだろう？　そしてもしも乗ってしまったら、どこへ連れていかれてしまうのだろう？　その答えは、乗ってみないと確かめることができないのだろう。

すると、鋭い声がした。

「乗るな！」

男子高校生は制止するように手を伸ばしている。

「……まさか乗らないよな？」

この人にそう言われると、なぜか反発心がむくむくと湧き上がって来る。よし、とくんちゃんは決意して、笛の音と同時に走り出した。

「あ待て」

高校生が叫ぶのを無視し、閉まりかけの扉にジャンプして、駆け込み乗車した。

E233系は、ゆっくりとホームを発車して行く。

待合室に残された男子高校生は、それを見送ったあと、ゆっくりとベンチにもたれ、苦々しい顔でつぶやいた。

「……ガキが」


車内には他に誰もおらず、乗客はくんちゃんただひとりだった。

スニーカーを床に脱ぎ、座席に上って外を見た。目の前をゴウゴウと音を立てて走る別の水色ラインのE233系とすれ違う。あれ？　さっきは単線だったはずなのに。複線区間に入ったのだろうか。すると、

「……あ」

いくつもの並走する線路を隔てたずっと向こうに、緑と灰色のタキ１０００形の列が見えた。

「タンク車だっ」

前のめりに叫ぶと、窓ガラスが鼻息で白く曇った。

空が西陽を浴びて鮮やかな光を放っている。どこまで行っても線路と架線と架線柱しか見えない。まるで地上にある他のものは全て消え失《う》せたみたいに。

しかしそんなことをくんちゃんは気にしない。タンク車の手前を、コンテナ貨物列車を牽引《けんいん》したＥＦ２１０形電気機関車がやって来て、

「コンテナ車だっ」

と、体を上下させて興奮した。

さらに手前をＥ２５９系、Ｅ２３３系３０００番台、そして、Ｅ２３５系が次々とやって来て並走する。

「成田エクスプレスと、上野《うえの》東京ラインと、山手線っ」

ひとり座席の上で飛び跳ねた。

すると突然、
ビイイイイィィィンンン――。

と、まるで空気を不自然に震わせたような奇妙な振動が伝わって来た。目の前の窓

ガラスが反響し、まるで恐怖を感じているように震えている。何が起こったんだ？と驚いて窓の外を見ると、追い越していくE235系の向こうの高架上に、見知らぬ車両が見えた。

「……あっ」

くんちゃんは息を呑んだ。

真っ黒な、新幹線だ。

咄嗟《とっさ》にそう思った。客車の窓から赤い光が煌《きら》めいている。しかし遠くのせいで詳細はよくわからない。

ビイイイイィィンンン——。

黒い列車は、奇妙な振動を残しつつ高速で通り過ぎていった。

なぜ初めて見るのに新幹線だと感じたのか。しかし、16両編成だったこと、在来線用ではない高架を走っていたことから、間違いないだろう。くんちゃんは、既に見えなくなってしまっても、ずっと走り去った先を見つめて、

「あれ、何系の新幹線……？」

と、まばたきを何度もしながらつぶやいた。

だが、全車両、黒で塗りつぶされた新幹線なんて聞いたこともない。

「電車が来ます。ご注意ください」

アナウンスとともに、在来線ホームのディスプレイが多言語の駅名を表示する。だだっ広い吹き抜けに並ぶ無数のホームのなかのひとつに、水色ラインのＥ２３３系はブレーキを鳴らして停車した。

自動扉が一斉に開く。

「とうきょう、とうきょう。ご乗車ありがとうございました」

ここは、東京駅なのだった。

くんちゃんは口をあんぐりと開けて見回していると、車内アナウンスが響いた。

「この電車は回送です。引き続きのご乗車にはなれませんのでご注意ください」

「えっ？」

くんちゃんはハッとなって、慌てて座席から下りるとスニーカーに足を入れた。が、焦ってしまってなかなかうまく履けない。

「あっ、ちょっ、ああっ、あ～」

「引き続きのご乗車にはなれませんのでご注意ください」

アナウンスが急《せ》かすように繰り返す。

「ちょっ、ああっ、あああ～、んんっ」

「間もなくドア閉まり……ます」

「まっ、ま、待ってっ」

ドアからジャンプして、間一髪で外に出た。

チャイムと共にホームドアが閉まり、車両が車庫へと去って行く。

くんちゃんは身を起こして、駅構内を見上げた。

もちろんくんちゃんは東京駅に何度も行って、よく知っている。だが目の前に広がるこの東京駅は、知っている東京駅とまるで違っていた。ずっと大規模で、ずっと伝統的で、それでいてリノベーションされたようにインダストリアルな機能美とユーザビリティを共存させているように感じられた。まるで見知らぬ異国の空港に着いたみたいだった。

高く聳《そび》えるクラシカルな柱に設置されたいくつものディスプレイには、到着、出発時刻の情報が次々と様々な言語で表示されていく。聞いたこともない名前の路線図やそれらの駅の詳細な時刻表も、すべて多言語での表示だ。何か国もの言語によるアナウンスが頭上を飛び交っている。エスカレーターに乗ってフロアを上がると、在来線ホームの全景が見渡せた。いったい幾つのホームがあるのだろう。少なくとも二十、いや三十はある。早回しの映像を見ているように、あらゆる路線の電車が入っては次々と出ていく。大量の人々が電車から降り、同じ分の人が代わりに車内に入っていく。

エスカレーターで登りきったところで、

「……あ」

複雑に重なり合った高架の上を、白い車両がゆっくり走り出すのが見えた。

くんちゃんは思わず喜びの声を上げた。

「わああっ、新幹線だっ」

上の高架に、外国の高速鉄道のフォルムを思わせる2階建て新幹線が到着する。E4系でもE1系でもない、見たこともない車両だ。下の高架に目を転じると、また見たこともない新幹線が滑り出していった。既存のどの系にも属さない、まるでF1カーのようなロングノーズの未来的車両だった。

「あれ、なに系の新幹線かなあ？」

未知の新幹線たちは、行列するたくさんの人々を乗せ、数分間隔で続々と発車していく。くんちゃんは電車好きの一人の子供として、顔をほころばせながらキョロキョロと見比べて歩いた。すると、
ピンポーン。

と大きな音とともにゲートが閉まり、

「イタッッ」

顔面をしたたか打ち付けた。鼻面を押さえヨロヨロとうしろ歩きで下がった。シグ

ナルが点滅している。ぼーっと歩いているうちに、いつの間にか新幹線の改札に入ってしまったのだった。改札機はたしなめるように言った。

「お乗りになれません。お乗りになれません。お乗りに……」

「切符ないもん」

　鼻を押さえながらくんちゃんは文句を言った。だが自動改札機は無情に「お乗りになれません」を繰り返すばかりだ。仕方なく踵《きびす》を返した。

「もう帰る」

　人々が改札へ入って行く流れに逆らい、くんちゃんはひとり改札から離れた。


「でも、どうやって帰ったらいいの？」

　広大な駅構内を無数の人々が行き、同じくらい無数の靴音が鳴り、無数のざわめきが響く。電光掲示板が多言語表示でめまぐるしく変化し、同じくらいに大きな荷物を持った旅行者たちの多言語の会話が重なり合う。幾人かの笑い声が突発的に沸き起こっては止む。

　くんちゃんだけが、その場に立ちすくんでいる。

　半円形のガラス天窓から、夕暮れに染まった空が見える。しばらくくんちゃんは、通り過ぎる人の鞄《かばん》や靴や靴下を眺めて過ごしていた。すると、ポーン、という音と共

に、

「迷子のお知らせをいたします」

と、アナウンスが聞こえて来た。

「はいはいはいはいっ」

くんちゃんは両手をいっぱいに上げ、何度も飛び跳ねてアピールした。

「ガヤガヤ区からお越しのダイスケくん。ダイスケくん。銀の鈴の下でお母さまがお待ちです」

唐突にぶら下がる巨大な銀色の鈴の下で、胸に手をあて心配そうに捜しているポニーテールのお母さんの影が見える。そこへ、

「お母さ〜〜ん」

と走って来た丸坊主の幼児の影を、ポニーテールのお母さんはしゃがんで抱き止めた。

「ダイちゃんっ」

くんちゃんは、唖然《あぜん》と見送った。

「……」

上げた手が、落胆で下がっていく。自分のおかあさんではなかった。

と反対側でポーン、と音がして、再びアナウンスの声がする。

「迷子のお知らせです」

「はいはいはいはいっ」

ハッと振り向いて、何度も飛び跳ねた。

「ムサムサ市からお越しのサエちゃん。サエちゃん。猫の鈴の下でお父さまがお待ちです」

唐突にぶら下がる巨大な猫の鈴の下で、ショルダーバッグを肩掛けした四角い眼鏡のお父さんの影が心配そうに捜している。そこへ、

「お父さ〜〜ん」

と走って来た眼鏡の女の子の影を、四角い眼鏡のお父さんはしゃがんで抱き止めた。

「サエちゃんっ」

くんちゃんは、呆然《ぼうぜん》と見送った。

「……」

上げた手が、やっぱり下がっていく。自分のおとうさんではなかった。落胆の顔で反対方向を見て、

「……あっ」

思わず二度見した。

人混みの中に、赤ちゃんを抱いた見覚えのある背中を見つけた。あの寝癖っぽい髪

型、あの頼りない佇《たたず》まい、間違いなく、おとうさんだ。

「おとうさんっ」

くんちゃんは大声を出して呼んだ。

その背中が振り返る。だが、似ているのは後ろ姿だけで全くの別人だった。赤ちゃんはその別人にそっくりの顔をした別人だった。

「違った……」

肩を落としてつぶやいた。

「……おかあさーん」

不安げに別の方を見て、またしても二度見した。

「……ああっ」

人混みの中に、見覚えのある髪型の後ろ姿を見つけた。間違いない。このちょっと茶色がかったボブストレートはおかあさんだ。

ところがその同じ髪型の後ろ姿は、数えると全部で七人もいて、しかも横一列に並んで歩いている。どういうことなのか？

「おかあさんっ」

呼ぶと七人のうち六人が一斉に振り返った。ところが、似ているのは髪型だけで、全くの別人だった。くんちゃんは落胆した。しかし真ん中に、振り返っていない後ろ姿がある。今度こそ本物なのか？

「おかあさ〰〰んっ」

最後の一人が振り返った。

ギザギザの歯。おでこのしわが波波。ちょっとツノが生えた、見覚えのある顔。

「……オニババ……！」

くんちゃんは白目をむいて、その場にへたり込んだ。


電光掲示板が刻々と変化し、無数の人々が行き交う。

コインロッカーの前に座り込み、くんちゃんは往来を眺めていた。だいぶ陽が傾いて、気だるい光がこの連絡通路にも差し込んでくる。

くんちゃんは、リュックの中から紙パックのジュースを取り出し、ストローを本体から剥《は》がしてビニールを取ると、飲み口に突き刺した。両手でぎゅっと持ってストローからチューチューと吸う。甘くて酸っぱい味が、気持ちをホッとさせた。口を離すと紙パックに空気が入り、ココココ……と音がした。

「ふうっ……」

ひと息ついて、前を見た。

おとうさんやおかあさんは、自分がいなくなってどうしているのだろう。心配して捜してくれているのだろうか？　それとも捜してくれていないのだろうか？　そもそも、いなくなったことに気づいているのだろうか？　一体、二人はどこで何をしているのだろう？

何もかも、皆目、わからない。

くんちゃんは途方に暮れてしまった。

ふと見上げると、電子掲示板の片隅に、傘とカバン、そしてクエスチョンマークの標識《ピクトグラム》があるのを見つけた。

「……？」

〝Lost & Found〟とある。

遺失物係

北ドームは、帰宅を急ぐ客の群れでごった返している。

『Lost & Found ／遺失物預かり所』と掲げられた看板の前に、くんちゃんの姿があった。字は読めないが、ピクトグラムから何のための場所かは想像ができた。次々と後ろに人が並んでいく。乗降客が多いほど、比例して忘れ物の数も多いのだろう。このような窓口にひとりで並ぶのは生まれて初めての体験だったので、ずっとドキドキしていた。この列でいいのだろうか？　順番が来たら、ちゃんと困っていることを言えるのだろうか？　などと、待ちながら考えた。しかしそれ以外に、くんちゃんにはどうしても気になることがあった。

「……子供ばっかり」

列を振り返っても、前を見ても、並んでいるのはなぜか子供ばかりだ。一番上の年齢の子でも十代半ばぐらいだろうか。携帯ゲームをしたり、スマホをいじったりしている。どうしてそうなるのか。この列は子供専用なのか。だが掲示板にそのような表示はない。ならば、忘れ物をするのは子供ばかりとでもいうのだろうか？

ふと、上方を見あげた。白熱灯の黄色い光に照らされた石造りのバルコニーに、アールヌーボー様式の美しい装飾が施されている。鉄鋼とガラスで繊細にデザインされた円形ドームの天窓から、澄んだ紺色の空が見えた。もう陽は沈んでしまったのだろう。

一杯に見上げているくんちゃんに、声が掛かった。

「次の人」

「あ……」

机のキーボードをカタカタ叩《たた》く駅員の前に進み出た。

「落とし物ですか？　どんな荷物を失くしましたか？」

「ううん。何も」

駅員の手が止まる。

「こちらは遺失物届け出窓口です。他の御用の場合は……」

くんちゃんは見上げて、思っていることを素直に言った。

「ボク、迷子になったの」

遺失物係は青白い顔を上げて、まばたきひとつせずじっとくんちゃんを見た。シワひとつない制服を着てチリひとつついていない制帽をかぶり、直角に背筋を伸ばして完全なる左右対称で座っている。クレーンみたいな動作で左手を上げ、メガネのつるをつまんでクイックイッ、と動かした。その瞳《ひとみ》はまるでどこかから鋏《はさみ》で切り抜いて貼りつけたようにいびつな形をしていた。

「迷子。では失くしたものは、自分自身、というわけですね？」

くんちゃんは、何度もまばたきをした。なんと答えたらいいものか。でも、まあ、だいたいそんな感じだろう。

「うん」

「わかりました」

と、遺失物係は言った。「それでは呼び出しに必要ないくつかの質問をします。まず、あなたの名前をどうぞ」

「くんちゃん」

くんちゃんは即答した。すると遺失物係の肩口から、懐中時計ぐらいの小ささの男が出てきて、

「ピンポーン」

と、緑の手旗を上げた。男は、制服がダブルボタンであること、制帽の金線が二本であることから、駅長に違いない。よく見れば顔も懐中時計の文字盤だった。

遺失物係がキーボードを叩く。

「登録しました。次に、おかあさまのお名前をどうぞ」

「おかあさんの名前？」

くんちゃんは、一瞬、え？　となった。あれ？　思い出せない。目を丸くしたまま両手で頭を押さえた。

「えーっと、なんだっけ？」

「お名前をどうぞ」

遺失物係が繰り返し聞く。当然知っていることなのに、なぜか言えない。くんちゃんは頭のいろんな場所を押さえた。が、どうしても思い出せない。焦って体を上下させた。

「あれ？　なんで？　えーと、そのっ」

「ブブー」

ブザー音と同時に、時計の駅長が鋭く赤い手旗を上げた。

「登録できませんでした。次に、おとうさまのお名前をどうぞ」

「おとうさんの？」

当然、答えられる。だがなぜか言えない。くんちゃんは顔を押さえつつじれったく足踏みした。喉《のど》の手前まで出ている。なのにあと少しで言えない。

時計駅長は机の上に降りた。

「えーとねー、えーとー、えー」

「ブブー」

時計駅長は得意げに赤い手旗を上げた。

「登録できませんでした。他のご家族のお名前をどうぞ」

「ゆっこ」

「ブブー」

素早く時計駅長は、赤い手旗を上げる。

註《ちゅう》をつけるように遺失物係は言った。

「ペット等は呼び出しできませんので、ご了承ください。他のご家族のお名前をどうぞ」

「えーとー」

「他のご家族のお名前をどうぞ」

「えーとー、えーとー」

時計駅長は机上を端から端へ往復して答えを待った。だがすぐに待ち切れないように足踏みを始めた。

くんちゃんはなんでもいいから言おうとしたが、

「えーとー、えーとー、えー、えー」

何ひとつ浮かばなかった。

ついに時計駅長は、見せつけるように赤い手旗を振りかざした。

「ブブー」

文字盤の奥から、氷のように尖《とが》った冷たい目でくんちゃんを見ている。

遺失物係が静かに問う。

「登録できません。では、呼び出ししなくてもよろしいですね？」

「しないとどうなるの？」

遺失物係の切り抜かれたような瞳が少しも動くことなく見下ろしている。本当にどこから切り抜いて貼りつけてあるのかもしれないと思うほどに動かない。

「ここはとても大きな駅です。毎日毎日あなたのようにたくさんの迷子がやって来ます。もし誰も迎えに来なかった場合、その子たちは穴の中にある特別な新幹線に乗らなければなりません」

くんちゃんは、息を呑《の》んだ。

「……乗るとどこへ行くの？」

「行き場所のない子供の行先は――」

遺失物係は、ゆっくり左手を上げ、メガネをクイックイッと動かした。

「――ひとりぼっちの国です」

そのとき、

「新幹線、まもなく、到着、します」

北ドームにアナウンスが響き渡り、くんちゃんはびくっとして振り返った。

「……!?」

ちょうど後ろに『新幹線のりば』と多言語で書かれた大きな看板。電光掲示板に点滅する『行先不明』の文字。ガシャンと音を立てて一斉に開く新幹線改札のゲート。通過した奥に整然と並ぶ、地下行きのエスカレーター。先を見ても到着地点が判別できないほどの距離。左右を見回しても人影を一切見ることもなく、見上げるともはや出発地点も判別できず、ただただひたすら下りながら、時間と空間の感覚が麻痺《まひ》してきて、どれほど下ったかがわからなくなる頃にようやく最深部に辿《たど》り着けば、そこは暗闇の世界。まるで時間を過去に遡《さかのぼ》ったかのようなガス灯の薄明かり。広大な空間に何列、十何列、何十列も敷き詰められた線路と架線とホーム。相変わらず全く人の気配はなく、錆《さ》びついて幽霊のように停車している0系、151系、101系などの車両たち。ここは現役を退いた大昔の列車のための墓所か。しかし中央の明かりの点《つ》いたホームにポツンと人影がある。全くの無人ではない。整備士なのか運転士なのか駅員なのか、とにかく近づいて誰かを確かめてみたらそれは——。

ボーッとした顔の、くんちゃんだった。

「……あれれ？　なんでボクここにいるの？」

ようやく事態に気づき、目が飛び出るほど見開いて左右を見回した。さっきまで北ドームにいたはずなのになんで？　いつのまに？　どうして？

すると、
ビイイイィィィンンン——。

「あっ」

聞き覚えのある音に振り返った。不自然な振動が空間に反響しながら、徐々にこちらに近づいてくる。暗闇の先に光が煌《きら》めくと、ゆっくりと大きくなっていく。くんちゃんの心臓はドキドキと高鳴った。シルエットと目の位置からE5系を連想させたが、明らかにそれとは異なる。ヘッドライトがギラリと輝き、真っ黒な車体の新幹線が空気を震わせてこちらへと迫ってくる。不気味なフォルムの先頭車は、ライトにあたる両目が刃物のように切れ上がり、裂けた口からは幾重にも重なり生えた歯が覗《のぞ》いていた。車体は黒い塗装などではなく、生体部品とでも呼ぶしかないような毛とも鱗《うろこ》ともつかないパーツがびっしりと覆っていた。客車に並ぶ丸い窓から赤い光を放ちながら、黒い新幹線はゆっくりと減速して行き、停車した。くんちゃんの目の前でプシューッとエアシリンダーの音がして気密ドアのロックが解除された。ゆっくりとドアが開くと、ホームに漂っていた煙が車内へ巻き込まれてゆく。

出入り口から放たれる赤い光が点滅を始め、無機質なアナウンスの合成音声がリピートを始めた。

「乗車、デキマス……。乗車、デキマス……」

誰が、こんな不気味な新幹線に乗るというのだろう。ひとりぼっちの国になんか行きたくない。くんちゃんは、はっきりとした口調で言った。

「イヤだ」

すると意思に反して、なぜかくんちゃんの足が磁石のような見えない力で、ドアの方へぐぐっと引っ張られていく。

「あああああっ」

点滅する光の中で、くんちゃんは思わずのけ反った。誰かが足を持って、強制的に乗車させようとしているみたいだった。ドアに引き込まれてしまう寸前、両手を広げて入り口の端を摑《つか》み、間一髪ギリギリでふん張った。

「いやだあああああっ」

が、その見えない力にとうとう負けて、車内に引っ張り込まれた。転がった勢いで顔面を強く床に打ち付け、「ううう っ」とデッキで顔を押さえて唸《うな》っていると、客室ドアが自動で開くので、顔を上げて中を見た。後ろを向いていた2列＋3列の座席が、こちら側に自動回転する。その全座席に貼り付けられたガイコツの顔が、一斉にこちらを向いた。

「ぎゃああああああっ」

くんちゃんは悲鳴を上げ、全力で走って客車の外に出た。が、見えない力でふたたび車内に引っ張り込まれた。

「いやだあああああああっっっ」

足が空回りするぐらいに走って外へ出た。が、見えない力によって三たびくんちゃんは中へ引き込まれた。

それでも頑張って、入り口からなんとかにじり出た。

「んんんんんいやだあああっっっ」

と急に、赤い光の点滅が止まり、それに合わせて引っ張る力も嘘みたいに消えた。

「あっ」

勢いあまって車外へ転がり出た。

くんちゃんはすぐさまガバッと起き上がり、汗だくの顔で、

「い・や・だっ」

と、一文字ずつ地団駄を踏んだ。

「ならば」

と遺失物係の声が、地下ホームの天井から降ってくるように響いた。「自分を自分自身で証明する必要があります」

自分を証明……。正確な意味はわからなくとも、その言わんとすることはくんちゃんにはなんとなく伝わった。自分で自分の胸の中を見るように黙って考え、

「くんちゃんは……。くんちゃんは……、おかあさんのこども」

と、たどたどしく答えた。

もう動かない、錆びた0系新幹線が、離れたホームから静かに問う。

「誰だって？」

くんちゃんは胸に両手をあてて、自分に問うようにつぶやいた。

「くんちゃんは……、おとうさんのこども」

「え？　誰？」

と、錆びたオレンジの101系電車も、静かに問うた。

「くんちゃんは……、ゆっこのおやつをあげる係」

錆びた151系特急形電車が、問う。

「おかあさんって、誰？」

くんちゃんは、おかあさんを想って呟《つぶや》く。

「おかあさんは……、部屋を片付けるのが苦手」

錆びたEF58形電気機関車も、問うた。

「おとうさんって、誰？」

くんちゃんは、おとうさんを想って呟く。

「おとうさんは、ミライちゃんをだっこするのが下手」

悪魔のような形相の黒い新幹線が、合成音声で言った。

「みらいチャン、好キクナイ……」

ハッとしてくんちゃんは顔を上げた。

「ミライちゃんは……。ミライちゃんは……」

ミライちゃんは……好きくない子。変な名前の子。笑わない子。バナナが好きな子。

あとは……あとは……あとは……。自信なく声も消え入るように小さくなる。

「くんちゃんの……、くんちゃんの……、くんちゃん……、の……」

何か言いかけた、そのとき、

「あうー」

「……はっ？」

唐突に遠くで赤ん坊の声が聞こえ、くんちゃんは愕然《がくぜん》として振り向いた。この声は
もしや……？

黒い新幹線のずっと先、1号車方向のホーム。赤ちゃんのミライちゃんの後ろ姿が、

はっきりと見えた。

「ああっ！　ミライちゃん、なんでここに⁉」

驚くと同時に、思わず走り出した。

「あー」

と唸るミライちゃんは、何かを捜すようにキョロキョロしていた。今朝からずっとそうだった。いったい何を捜しているのか。ふと見上げた目の前に、黒い新幹線のドアがある。

「そっち行っちゃダメッ！」

くんちゃんはホームを走り、叫んで止めさせようとした。が、

「あっ」

何かに躓《つまず》いた勢いで激しく転んだ。

ミライちゃんはくんちゃんに全く気づいていない。ドアの方を見ていたかと思うと、ハイハイで赤い光に近づいていく。その行為がどんなに危険か、まるでわかっていないように。

「ああああっ」

擦り傷だらけのくんちゃんは、すぐに立ち上がり、懸命に走った。帽子が脱げて首にゴムが引っかかったまま叫んだ。

「ミライちゃーんっ！」

こんなに呼んでいるのにミライちゃんは気づいてくれない。ついにハイハイして赤い光の中に入ってしまった。すると、

「乗車、デキマス……。乗車、デキマス……」

センサーが反応したように、アナウンスと点滅が始まった。磁石で引き寄せられるように、ミライちゃんがドアの方に移動していく。えっ？　と足元をキョロキョロ見て動揺している。

「乗っちゃダメエエエェッ！」

くんちゃんは思わず目をつむって大声で叫んだ。

「乗車、デキマス……。乗車、デキマス……」

黒い新幹線に、ミライちゃんが乗ってしまう。

その瞬間、くんちゃんは両手を伸ばして赤い光の中へと飛び込んでいた。

「ミライちゃん！」

夢中で小さな体を抱きかかえた。その勢いのままホームの床に体を強く打ち付けてゴロゴロと転がった。赤い光の外側に出たので、出入り口の点滅は消え失《う》せた。

くんちゃんはホームに横たわったまましばらく動けなかった。が、やがて擦り傷だらけの顔をヨロヨロと上げた。腕の中にはしっかりとミライちゃんがいて、もぞもぞ

動きながら、いつもと変わらないように唸《うな》った。

「あうー」

無事だった。くんちゃんは大きく安堵《あんど》した。間に合ってよかった……。そう思ったとき、不意に脳裏にある情景が浮かび上がった。

それは雪の降ったあの日。ミライちゃんと初めて逢《あ》った時だ。

おかあさんが、くんちゃんに頼んだこと――。

〝何かあったら、守ってあげてね――〟

何か月も経って、その意味がやっとわかった気がする。そのとたん、胸の中に、今まで感じたことのない気持ちが込み上げてきた。

「くんちゃんは……、くんちゃんは………」

顔を上げると、まるで世界中に宣言するように、渾身《こんしん》の力で叫んだ。

「くんちゃんは、ミライちゃんのおにいちゃんっ!!」

声が、地下ホームの暗闇に響き渡った。

そのとき地上の北ドームで、ピンポーン、と正解を示すような音が鳴った。

くんちゃんの言葉を確かに受け取ったかのように、遺失物係はメガネをクイックイッと動かした。その直後、アナウンスが鋼鉄とガラスのドームに響き渡った。

「お呼び出しを申し上げます。イソイソ区からお越しのミライちゃん。ミライちゃん。地下新幹線ホームで、おにいさまのくんちゃんがお呼びです——」

どこに隠れていたのか、何羽ものツバメが一斉に飛び立つと、上空で弧を描くように旋回した。

地下ホームでくんちゃんは、固く目をつむっていた力を緩め、そっとまぶたを開いた。

「……あ」

手の中に、赤ちゃんがいない。

「……あれ？　いない……」

と——。

「見つけたっ」

声に、くんちゃんは顔を上げた。

「あっ？」

声とともに、誰かの手が差し伸べられる。

その手のひらには、見覚えのある赤いあざがあった。

くんちゃんは必死に自分の手を伸ばし、差し伸べられた手をがっちりと摑《つか》んだ。

手の主は——。

「未来のミライちゃんっ！」

くんちゃんの目の前で、未来のミライちゃんがふわふわと空中に浮いていた。セーラー服の白い襟と赤いスカーフが、風をはらんでハタハタとひるがえっていた。まるで鳥みたいだ、とくんちゃんは思った。

「家出したくせに迷子になるなんてバカみたい。ずいぶん捜したんだから」

ふうっ、といつもみたいにため息をつき、帰り道を見定めた。

「いくよっ」

暗闇を一蹴《ひとけ》りすると、未来のミライちゃんはまるで氷の上のように空間を滑り出した。手を繋《つな》いだくんちゃんも一緒に空中を引っ張られていく。

「わっ！」

地下エスカレーターを逆走してぐんぐん上っていく。相当な距離があったはずだがあっという間に上がり切り、一斉に閉まる新幹線改札の隙間をギリギリですり抜けて、北ドームにごった返す人混みの中に飛び込んだ。

「わああああああっっ」

声を上げてのけ反る乗降客たちを蹴散らし、未来のミライちゃんはガラスのドームまで一気に上昇した。人々は鳥が二羽、迷い込んだと思ったのかもしれない。

遺失物係だけが知っている。あれがさっきこの窓口にやって来た小さな兄と、彼を捜しにきた妹だということを。

上空を見送って少しだけニヤリと笑ったがすぐに無表情に戻り、切り抜かれたような瞳《ひとみ》で待ちくたびれた顔の子供たちの列を見て、メガネをクイックイッと動かした。

「じゃ、次の人」

ミライ

未来のミライちゃんとくんちゃんは、天窓のガラスをすり抜けて北ドームの外に出ると、光の尾を曳《ひ》いて東京の空に上昇していった。

高く高く、どこまでも高く。

「わあああっ、ミライ飛行だーっ」

足下に広がる東京の大夜景にくんちゃんは興奮した。

だが上空を見上げると、

「……あれ？」

なぜか空にも地面がある。雲間に見えるのは、月に照らされた草原だ。

「あれれ？　もしかして落っこちてる？」

「そう！」

くんちゃんは悲鳴をあげた。

「わあああああっっ」

草原に立つ一本の木へと、どんどん落下していく。

「あそこに見えるの、何か分かる？」

「えーと……、お庭の樫《かし》の木？」

「そう見えてあれ実は、我が家の歴史の索引なの」

「さくいん？」

髪や服が激しくはためくほどの風圧でも、ミライちゃんはじっと真下を見据え続けた。

「図書館の本を整理するインデックスってあるでしょ？　あんな感じで、うちらの家の現在と過去と未来が、全部カードになって収まってる。その中からおにいちゃんがいる時間のカードを見つけなきゃ……」

「見つけなきゃ？」

「帰れない」

「ええっ？」

「飛び込むよっ」

「わあああああっっっ」

ふたりは白樫の木の真上から勢いよく飛び込んだ。ガサガサと音を立てて流れてゆく白樫の堅い葉のトンネルを通り抜けると、突然目の前が真っ白になった。そこは巨大な球体の内側だった。円環状の系統樹《ファミリーツリー》が幾何学的に張り巡らされた、超現実的空間だった。

「ああ……!」

くんちゃんは言葉もない。

円環から分岐して伸びる枝は、さらに分岐を繰り返して端々へ向かう。気が遠くなるほどに分岐が繰り返された枝の先のそれぞれに、緑色の葉がひとつひとつ、まるで目印のように表示されている。葉の片方の端にはタブのような出っ張りがあり、アドレスのような記号が刻まれている。まさにインデックスだ。未来のミライちゃんとくんちゃんは、無数にある葉の中のひとつに飛び込むと、ふたたび目の前が真っ白になった。

ツバメが大きく前に躍り出ると、上空をいくつもの雲がゆるやかに流れている景色が広がった。翼を傾けるツバメの後を追って下降していく。雲の下には、どこか地方の田園風景が、夕方の光に照らされていた。未来のミライちゃんとくんちゃんは空からゆっくりと下降して、集落の中にある小学校の木造校舎へ近づいていく。と、広いグラウンドにぽつんとひとり、小型の自転車にまたがる少年が、長い影を落としている。

「自転車、見える？」

「うん」

「あれ、おとうさん」

「ええっ⁉」

くんちゃんが驚くのと同時に、自転車が派手に倒れて、少年はグラウンドの上に投げ出された。痩《や》せた胸でハアハアと息をしながら、メガネの下の顔を辛《つら》そうに歪《ゆが》めた。涙が滲《にじ》む。

「実はおとうさん、体が弱くて、小学生になっても自転車に乗れなかった。今、泣きながら練習しているところ」

「おとうさん……」

まだ自転車に乗れないとき、おとうさんが一生懸命励ましてくれていたことをくんちゃんは思い出して、思わず両手を口に添えて叫んだ。

「がんばれっ」

ミライちゃんも一緒に口に手を添えて叫んだ。

「がんばれっ」

顔を両手で覆って忍び泣く少年に向かって、二人して叫んだ。

「がんばれっ！」

少年の上を、ツバメの影が通過した。

するとと風景が、揺さぶられるように大きく歪んだ。気がつくとタグのついた葉が並ぶ系統樹の空間をいつの間にか高速で移動していた。

「あああああっっ」

くんちゃんたちは、また別の葉のひとつに飛び込んだ。

雲々の中をツバメに続いて大きく旋回し、山奥の渓流沿いへと下降していくと、林の中に草が青々と茂る運動場のような場所が見えた。

その片隅の柵《さく》のそばに、肩まで伸ばした艶《つや》やかな髪をした少年が、大人の女性と一緒に空を見上げている。少年は、アーガイル柄のベストに半ズボン、首に赤いスカーフを巻き、まるでどこかの国の王子のような身なりだ。横にいる女性が愛《いと》しそうに少年の肩を抱くと辛そうな表情をしたが、少年は平気そうに見上げたままだ。

「あの子、だあれ？」

「ゆっこだよ」

「ええっ!?」

「もうすぐお母さん犬と別れて、うちにもらわれてくる——」

「ゆっこ……」

さっきまで少年のように見えたその姿は、いつの間にか子犬の姿に変わっていた。母犬に愛おしそうに舐《な》められてくすぐったそうに身をよじっている。

くんちゃんは思わず叫んだ。

「ゆっこーっ！」

また風景が揺さぶられて、気がつくと系統樹の空間にいた。

「あああああっっ」

驚くべき速度で突き進み、そのうちのひとつに飛び込んだ。

灰色の雲間を抜けてツバメが下降していく。今にも雨が降り出しそうな雲行きだ。

「あ……」

少女が、家の玄関先に立っていた。くんちゃんにはその少女が誰か、すぐにわかった。

「……おかあさんっ」

少女の手のひらには、小鳥の雛《ひな》がのっていた。ピクリとも動かない。地面に点々と赤い血の跡が見える。少女は、泣き腫《は》らした目で空を見上げた。くんちゃんは少女の家の玄関にツバメの巣があったことを思い出した。巣から落ちてしまったのだろうか？　その疑問に答えるようにミライちゃんが言った。

「手に持ってるのは……、野良猫にいたずらされてしまったツバメの雛。この時から
おかあさん、あんなに好きだった猫が苦手になっちゃったんだ……」
そうか、確かに今、家にいるのが猫でなく犬、つまりゆっこなのは、そんな理由が
あったからなのか。
少女の上を、ツバメの影が何羽も通り過ぎた。風景が大きく歪んだかと思うと、も
う系統樹の空間に戻っていた。またしても無数の葉の中から、また別の一枚へと飛び
込んでいった。

ブウウンッッ……。ブウウンッッ……。
遠くで低い音が響き、そのたびに空気が震える。
上空からゆっくりと下降していくと、横須賀の空に対空砲火の爆煙が無数に浮いて
いる。振動は砲弾によるものだった。一九四五年七月十八日午後三時三〇分頃、横須
賀軍港。曇り。戦艦『長門《ながと》』を目掛け、いくつもの水柱が上がった。その海面に水《み》
飛沫《しぶき》を浴びながら浮かぶ、あの青年の姿があった。
時間を遡《さかのぼ》る。
青年は18歳で磯子区の埋立地にある航空エンジン製造会社に徴用工として入社した。
社内で新型エンジンの開発計画があり、その助手として携わると告げられていた。が、

そのエンジンは度重なる審査の末に結局採用にはならず、研究の続行は適《かな》わなくなってしまった。

その後、中島飛行機が生産する、栄21型および31型エンジンの組み立て製造に加わることになった。戦況が緊迫してくると、会社の年長の者が次々に兵役に動員されていった。中には第1級の熟練工たちもいたので、その補塡《ほてん》に練度不足の若者があてがわれた。悪循環の中、20歳で組み立ての長となってしまった青年は、必死の努力でこれに対応した。

戦局は悪化の一途をたどり、一九四五年になって、いよいよ組み立てるエンジンがなくなってしまうと、ついに青年も徴兵された。水上部隊へ整備兵として入隊することになった。水上部隊とは、改良したトラックのエンジンを積んだベニヤ板製の小型ボートに、爆弾を積んで体当たり攻撃をする隊のことである。敵国の本土侵攻に備えて編成された多くの特攻部隊のうちのひとつだった。

長崎の大村《おおむら》湾まで行き、一応の訓練を受けたのち、戻ってきて第××特攻戦隊第××突撃隊の指揮下に入ると、特攻艇を受領するため横須賀海軍工廠《こうしょう》へやってきた。帰還の日、青年は海から、防空砲台として岸壁に係留されていた『長門』の艦橋を見上げた。カモフラージュのため迷彩塗装が施されていた。

奇《く》しくもその日の午後、アメリカ軍第38機動部隊が横須賀軍港を攻撃する。メインターゲットは『長門』――。

ブウウンッッ……。ブウウンッッ……。

遠くで低い音が響き、そのたびに空気が震えた。

「ハアッ……、ハアッ……、ハアッ……」

気がつくと、青年は海の上に浮かんでいた。周囲には、破壊された長門の第一艦橋の大量の残骸《ざんがい》が、兵の死体とともに波にたゆたっていた。受け取ったベニヤ製の艇は破片すら残らず焼失した。青年の下半身は傷つき、滲んだ血が海中に溶けていた。が、それを確かめる余裕もない。意識が朦朧《もうろう》としていた。

「ハアッ……、ハアッ……」

もう死んでしまう。間違いなく。これで終わりだ。短い人生を思い返した。何も成していない。何ひとつ。なのに、もう終わってしまうというのだろうか。死に瀕《ひん》したギリギリの時、青年は天に向かって、常軌を逸する大きな声を張り上げていた。

「あああああああああああ」

右手を空に向けて上げた。海水が顔にボタボタと落ちてくる。その指先の向こう、ぶ厚く暗い雲の切れ間から、一瞬だけ太陽の光が力強く差し込んだ。

「あああああああああっっっ！」

上げた手を返して力任せに水面に叩《たた》きつけた。激しい水飛沫が立ち上がった。青年は腕の力だけで残骸と死体だらけの海を渡っていった。

ブウウンッッ……。ブウウンッッ……。

砲弾の音がビリビリと海面を震わせていた——。


白い雲の層を抜けて、翼を傾けたツバメが滑空しながら高度を下げてゆく。広い河川敷のある川と並行して走る鉄道が見える。駅前には昔ながらの民家の屋根がびっしりと隙間なく並んでいる。そこから郊外へと離れると田畑がどこまでも続いている。幹線道路から少し入ったところに、ひときわ大きなお屋敷が見えた。

この地域は爆撃の対象になったものの、他の都市に比べれば大きな被害は免れた。

一九四六年八月。もう戦争の影はない。

ミライちゃんとくんちゃんは、夕方の空からゆっくりと下降してきた。

くんちゃんには、そのお屋敷の石塀や松の木、外国製の特徴的なタイルに見覚えがあった。表札には『池田醫院《いいん》』とある。あのとき、看護師として働くひいばあの靴の中に手紙を入れるために、少女に連れられてやってきた場所と同じだった。

門の前に佇《たたず》む、袖《そで》なしのシャツを着た男性と、もんぺにエプロンをかけた女性が見えた。夕方の光が影を長く伸ばしている。男性のそばに、あの試作オートバイが停めてある。つまり男性は、あの青年だ。道の先の木を指差して、女性と何事かを話している。あの白樫《しらかし》の木のあたりまでいいかい？　と訊《き》くが、返事を待たずにしゃがみ、両手の指を地面につけて位置についた。そして、ほら、と促すように女性を見た。女性が、青年の足を気にして躊躇《ちゅうちょ》するのが見て取れたが、本人は構わない様子だった。仕方ない、というように女性はため息をつくと、立ったままの姿勢で位置についた。用意ドン、で彼らは駆け出した。女性がエプロンをなびかせて軽やかに走ってゆくのに対し、青年は右足を引きずりながら上半身を大きく前後させて不恰好《ぶかっこう》に走った。あの爆撃で股関節《こかんせつ》を痛めていて、駆けっこをするには明らかに不利な状態なのだった。すると、少し行った先で女性は立ち止まり、青年が追いつくのをじっと待っていた。その横を青年が、体を揺らしながら懸命に走り過ぎるのを見送ったあと、再び駆け出した。白樫の木が影を落とす道の真ん中で、青年は大の字になりながら胸でハアハアと大きく息をしていた。駆けて来た女性は途中から歩いてそばまで行き、もんぺのすそを押さえてしゃがんだ。青年は起き上がって息を整えながら、

「お恵《けい》ちゃんは足が速いなあ。負けるかと思った」

と、冗談めかして笑った。

女性は、あっけにとられたようにまばたきして、それから、手をそっと口にあてて、

「……フフフ。おかしい」

と、笑った。

ミライちゃんは上空から、その光景をじっと見つめて、つぶやいた。

「もしひいじいじがあのとき、必死に泳がなかったら……。もしひいばあばがこのとき、わざとゆっくり走らなかったら……、わたしたちまで繋《つな》がってなかった」

身を縮めて笑う女性の愛らしい仕草が、青年に恋していることを思わせた。

「こんなふうな、ほんの些《さ》細《さい》なことがいくつも積み重なって、『今』のわたしたちを形作っているんだ」

「……」

くんちゃんは、ゆっくりミライちゃんを見て、

「今……？」

と訊いた。誰にとっての『今』なの？　と。

その瞬間、風景が揺さぶられて大きく歪《ゆが》んだ——。


夏の空が輝いている。

そこには、いつもと変わらない磯子の朝の風景があった。

いつもと変わらない、とは一体、いつと比べてのことだろうか。例えば、根岸線を走る水色ラインのＥ２３３系は既に引退し、新しい型の車両に替わっていた。例えば、新しいオフィスビルや高層マンションの姿をいくつも見つけることができた。そのほ

かにも、今までと同じような、でもどこか少しずつ違う感触が、そこかしこにあった。だがそれらをひとつずつ挙げても何になるのだろう。何事も、少しずつ変わり続けてゆく。気付かれないように。息を潜めるように。

段差の家は、南の斜面に今も建っていた。オレンジの瓦《かわら》屋根もそのままだ。中庭の小さな木は、以前より少しだけ大きな木になっていた。いつの間にか吹き抜けを越え、外にまで枝を伸ばし葉を茂らせるくらいに。

その木の前に、すらりと背の高い男子が佇んでいた。あの無人駅の待合室に座っていた、男子高校生だ。左手にスポーティーなリュックをぶら下げている。

その白いシャツの背中に、

「おにいちゃん」

と呼ぶ声がした。玄関から中庭に上がって来た、夏の制服姿のミライちゃんだ。男子高校生は、聞こえているくせに、わざと無反応でいる。

「……」

「とうさんとかあさんが呼んでるよ」

「おまえさあ」

「なに？」

「朝飯ぐらい座って食えよ」

と、ミライちゃんの持つバナナを見て言った。

「食べる?」

ミライちゃんがバナナを差し出す。

「いらないよ」

言い残して玄関へと降りてゆく男子高校生を、ミライちゃんがゆったりと見送っている。すると──、不意に何かに気付いてこちらを見た。

「……?」

くんちゃんは、中庭の下から、そっと呼びかけた。

「……未来のミライちゃん」

ミライちゃんが笑って首を振る。

「ううん違う。ここでのわたしは『今』を生きてるわたし。つまり──」

と、男子高校生が去った方をバナナで指した。

「さっきのあれ、誰かわかる?」

「……うん」

「フフ……そういうこと」

「……あ」

くんちゃんはそのとき、何かに気付いて目を見開いた。

ミライちゃんが、バナナを指で挟んだまま、手を小さく振っている。

「ひとりで帰れるよね」

それから少し肩を上げて付け加えた。「もう迷子にならないでね」

くんちゃんは、眉《まゆ》をひそめた。

「……お別れなの？」

その泣き出しそうな顔にミライちゃんが思わず吹き出しそうになったが、

「なに言ってんの。これからうんざりするほどいっしょにいるじゃん」

と、小首を傾げて笑った。

その瞬間、くんちゃんの視点は一気に飛翔《ひしょう》した。中庭から手を振るミライちゃんの姿があっという間に小さくなって、地上から離れてゆく。上空を見上げるといつの間にか系統樹の空間を猛スピードで移動していた。

やがて全ての枝が集まる場所にたどり着いた。

くんちゃんはそこで巨大な円環《ループ》を見た。気が遠くなるほど果てしなく過去は連なり、また、気が遠くなるほど果てしなく未来は連なる。そこから見ると、今、という場所はそのわずか一点でしかないことがよくわかる。喜びも悲しみも苦しみも怒りも、ありとあらゆる種類の想いが、それぞれたった一点の『今』のなかにあり、今、と感じた次の瞬間には別の今が待ち受けている。永遠に今は過ぎ去り、無限に新しい今はやってくる。

くんちゃんはくんちゃんの『今』に向かって飛び込んだ。

強い光で、目の前が何も見えなくなった。

ピロロロロン。

と、ドラム式洗濯乾燥機が、乾燥終了のメロディーを奏でた。

浴室前の足拭《あしふ》きマットにくんちゃんの裸足《はだし》が、はしっ、と着地した。

洗濯乾燥機の扉がひとりでにガチャッと開き、すっかり乾いた黄色いズボンが飛び出して、足先にふわりと落ちた。

「……」

紺のズボンに手を掛けて、ずり下ろした。今朝からずっと、黄色いズボンがいい、と言い続けていたのだった。

「……」

が、その今朝の苛立《いらだ》ちが、なぜだか今ではずいぶん遠い過去の出来事のように感じられる。思い直すと、一度ずり下げた紺色のズボンを、ふたたびずり上げた。

洗濯乾燥機は、了解したようにバタンと扉を閉じた。

くんちゃんは、大きく深呼吸しながら、家の中を満足げに見渡した。

「……」

懐かしい日常に、ようやく帰還したのだ。

ボルボ240のハッチバックが開いている。

おとうさんとおかあさんが一緒に、帰省やキャンプのための荷物——テントやコンロやクーラーボックスやLEDランタンや虫取り網や虫取りカゴや子供たちの着替えの詰まったバッグなどなど——を、荷台に積み込んでいる。

ゆっこは助手席でのんびりと寝そべっていたが、不意にくりんと後部座席の方へ首を回して、ふたりの声に聞き耳を立てた。

「頭痛、治った？」

「やっと」

「大事にしてね」

おとうさんは笑顔を見せて、よいしょっ、と荷物を奥に詰めた。おかあさんは、そんなおとうさんの様子を見つめて、それからポツリと言った。

「……最近、優しくなったね」

「俺？」

「昔はそんなじゃなかった」

「昔っていつ？」

「くんちゃんが生まれる前」

「そんな前か」

「いつも仕事でピリピリしてた」

「だったら君だって」

「わたし？　どう変わった？」

「動じなくなった」

「へー」

「前は神経質ですぐ不安がってたのに」

「あーやめて。思い出させないで」

「まさか、お互いこんなふうになるとは」

「きっと子供たちのせいだね」

おかあさんとおとうさんは、荷物を積み込む手を止めて、荷台の向こうの後部座席を覗《のぞ》き込んだ。くんちゃんのジュニアシートとミライちゃんのチャイルドシートが並んでいる。それぞれのシートの脇に、電車のおもちゃとミツバチのおもちゃが、そっと置かれてある。それをふたりはしばらく黙って、感慨深げに見た。

不意に、おとうさんがつぶやいた。

「こんなでも前より父親らしくなったのかな？」

「まあそこそこ」

「そこそこかー」

「わたしはどう？　母親らしくなった？」

「まあまあ。でも最高じゃないな」

「そこそこで充分。最悪じゃなきゃいいよ」

ふたりは肩を寄せて目を見合わせた。

おとうさんは、素朴で誠実な笑顔をおかあさんに見せた。

「フフフフ……」

おかあさんも、晴れやかな美しい笑顔をおとうさんに向けた。

「ハハハハ……」

ゆっこは助手席に寝そべりながら、しばらくふたりのやりとりを聞いていたが、首を元に戻すと、

「ふうっ」

と、安堵《あんど》とも呆《あき》れともつかないため息をついた。

「……仲いい」

くんちゃんが階段を下りてくると、いっぱいに広げていたレールはもうおもちゃ箱に収まっていた。おとうさんとおかあさんがすっかり片付けてしまったのだ。

ふと、子供部屋を見て、足が止まった。

「……?」

がらんとした子供部屋に、ポツンといるミライちゃんと、目が合った。

「……」

くんちゃんはやって来て、ミライちゃんをじっと見つめた。ミライちゃんもじっとくんちゃんを見つめて、

「あー」

と唸《うな》りながら、ハイハイで近づいて来た。くんちゃんはリュックを下ろして中を探り、その中からバナナを出すと、

「食べる?」

と聞き、返事を待たずに皮をむいた。ミライちゃんが興味ありそうに手を伸ばしてくる。

「あうー」

くんちゃんは、むいたバナナを半分に折って、

「はい」

と差し出した。ミライちゃんはそれを鷲掴《わしづか》みにして受け取った。ミライちゃんは離乳食の中でもバナナが大好物だった。指で握りつぶしながらいっぱいに口を開けてかぶりついた。

くんちゃんは、ゆっくりと中庭を見上げた。

「……」

白樫《しらかし》の木が、瑞々《みずみず》しく葉を茂らせている。何の変哲もない普通の木にしか見えない。なのにこの木は、家族の過去と未来がすべて詰まっている図書館みたいなものだと知ると、改めて特別な存在に感じた。確かに、木の寿命は人間よりもずっとずっと長いと図鑑に書いてあった。昔からボクたちをずっと見続けてきて、そしてこれからもずっと見続けてゆくのだろう。くんちゃんは、想像した。これから、ずっとずっと先の、未来の未来には、一体どんなことが待ちうけているのだろう？

そのとき、

「くんちゃーん、ミライちゃーん」

「準備できたよ～」

下の玄関から、おとうさんとおかあさんの声がした。

呼ばれて、くんちゃんはすーっと大きく息を吸って元気よく返事しようとした。

が、それよりも先に、

「あう〜っ」

とミライちゃんが元気よく返事した。

「……？」

くんちゃんは、しげしげと顔を傾けて覗き込むようにミライちゃんを見た。まるでくんちゃんが返事をしようとするのを真似したように思えたからだった。

ミライちゃんは、気付いてくんちゃんを見た。

お互い、じっと見つめ合った。

すると——。

ミライちゃんの顔が、いっぱいの笑顔になった。

くんちゃんは、ハッと息を呑《の》んだ。ミライちゃんのそんな顔を初めて見たからだ。微笑でも苦笑でもない。ちょっと笑うとかでもない。最高に大きな笑顔だった。

思わず引き込まれて、しばらくの間、呆然《ぼうぜん》と見惚《みと》れた。

「……」

その笑顔を見ているうちに、胸の中にこわばっていたいろいろなものが、すーっと溶けていくような気がした。それとほぼ同時に、負けていられない、というムズムズするような思いに駆られた。

お返しにボクも、ミライちゃんにすごい笑顔を見せてあげよう。

「が〜〜〜っ」

お獅子《しし》みたいに歯をむき出しにした顔を振って、いっぱいのすごい笑顔を見せた。

ミライちゃんはしばし呆気《あっけ》にとられたように固まっていたが、ふっと微笑むと、

「あ〜〜〜っ」

くんちゃんの真似をするように顔を振って、いっぱいのすごい笑顔になった。

歯をむき出しにしようにも、赤ちゃんだからまだ生えていない。──いや、よく見ると下の歯が2本だけ、ちょこんと小さく生えている。

「……」

それを見てくんちゃんはとっても満足したような清々《すがすが》しい気持ちになった。

また、おとうさんとおかあさんの声がした。

「準備できたよ」

「さあ、みんなでおでかけしよう」

くんちゃんは大きく息を吸い込み、いっぱいのすごい笑顔で、元気よく返事をした。

「はーい！」


（了）

本書は書き下ろしです。

未来《みらい》のミライ

細田《ほそだ》 守《まもる》

平成30年 6月25日　初版発行

発行者●郡司 聡

発行●株式会社KADOKAWA
〒102-8177　東京都千代田区富士見2-13-3
電話 0570-002-301（ナビダイヤル）

角川文庫 20991

印刷所●株式会社暁印刷　製本所●本間製本株式会社

表紙画●和田三造

ISBN978-4-04-106890-8　C0193

角川文庫発刊に際して

角川源義

第二次世界大戦の敗北は、軍事力の敗北であった以上に、私たちの若い文化力の敗退であった。私たちの文化が戦争に対して如何に無力であり、単なるあだ花に過ぎなかったかを、私たちは身を以て体験し痛感した。西洋近代文化の摂取にとって、明治以後八十年の歳月は決して短かすぎたとは言えない。にもかかわらず、近代文化の伝統を確立し、自由な批判と柔軟な良識に富む文化層として自らを形成することに私たちは失敗して来た。そしてこれは、各層への文化の普及滲透を任務とする出版人の責任でもあった。

一九四五年以来、私たちは再び振出しに戻り、第一歩から踏み出すことを余儀なくされた。これは大きな不幸ではあるが、反面、これまでの混沌・未熟・歪曲の中にあった我が国の文化に秩序と確たる基礎を齎らすためには絶好の機会でもある。角川書店は、このような祖国の文化的危機にあたり、微力をも顧みず再建の礎石たるべき抱負と決意とをもって出発したが、ここに創立以来の念願を果すべく角川文庫を発刊する。これまで刊行されたあらゆる全集叢書文庫類の長所と短所とを検討し、古今東西の不朽の典籍を、良心的編集のもとに、廉価に、そして書架にふさわしい美本として、多くのひとびとに提供しようとする。しかし私たちは徒らに百科全書的な知識のジレッタントを作ることを目的とせず、あくまで祖国の文化に秩序と再建への道を示し、この文庫を角川書店の栄ある事業として、今後永久に継続発展せしめ、学芸と教養との殿堂として大成せんことを期したい。多くの読書子の愛情ある忠言と支持とによって、この希望と抱負とを完遂せしめられんことを願う。

一九四九年五月三日

角川文庫ベストセラー

おおかみこどもの雨と雪　細田守

ある日、大学生の花は〝おおかみおとこ〟に恋をした。2人は愛しあい、2つの命を授かる。そして彼との悲しい別れ――。1人になった花は2人の子供、雪と雨を田舎で育てることに。細田守初の書下し小説。

バケモノの子　細田守

この世界には人間の世界とは別の世界がある。バケモノの世界だ。1人の少年がバケモノの世界に迷い込み、バケモノ・熊徹の弟子となり九太という名を授けられる。その出会いが想像を超えた冒険の始まりだった。

サマーウォーズ　岩井恭平

数学しか取り柄がない高校生の健二は、憧れの先輩・夏希に、婚約者のふりをするバイトを依頼される。一緒に向かった先輩の実家は田舎の大家族で!? 新しい家族の絆を描く熱くてやさしい夏の物語。

漫画版　サマーウォーズ　(上)(下)　原作／細田守　漫画／杉基イクラ　キャラクター原案／貞本義行

高校2年の夏、健二は憧れの先輩・夏希にバイトを頼まれ、彼女の曾祖母の家に行くことに。そこで待ち受けていたのは、大勢のご親戚と、仮想世界発の大パニック！　細田守監督の大ヒットアニメのコミック版。

ドミノ　恩田陸

一億の契約書を待つ生保会社のオフィス。下剤を盛られた子役の麻里花。推理力を競い合う大学生。別れを画策する青年実業家。昼下がりの東京駅、見知らぬ者同士がすれ違うその一瞬、運命のドミノが倒れてゆく！

角川文庫ベストセラー

にぎやかな未来　筒井康隆

「超能力」「星は生きている」「最終兵器の漂流」「怪物たちの夜」「007入社す」「コドモのカミサマ」「無人警察」「にぎやかな未来」など、全41篇の名ショートショートを収録。

鳥人計画　東野圭吾

日本ジャンプ界期待のホープが殺された。ほどなく犯人は彼のコーチであることが判明。一体、彼がどうして？　一見単純に見えた殺人事件の背後に隠された、驚くべき「計画」とは!?

探偵倶楽部　東野圭吾

「我々は無駄なことはしない主義なのです」――冷静かつ迅速。そして捜査は完璧。セレブ御用達の調査機関〈探偵倶楽部〉が、不可解な難事件を鮮やかに解き明かす！　東野ミステリの隠れた傑作登場!!

さいえんす？　東野圭吾

「科学技術はミステリを変えたか？」「男と女の〝パーソナルゾーン〟の違い」「数学を勉強する理由」……元エンジニアの理系作家が語る科学に関するあれこれ。人気作家のエッセイ集が文庫オリジナルで登場！

殺人の門　東野圭吾

あいつを殺したい。奴のせいで、私の人生はいつも狂わされてきた。でも、私には殺すことができない。殺人者になるために、私には一体何が欠けているのだろうか。心の闇に潜む殺人願望を描く、衝撃の問題作！

角川文庫ベストセラー

ちゃれんじ？　東野圭吾

自らを「おっさんスノーボーダー」と称して、奮闘、転倒、歓喜など、その珍道中を自虐的に綴った爆笑エッセイ集。書き下ろし短編「おっさんスノーボーダー殺人事件」も収録。

さまよう刃　東野圭吾

長峰重樹の娘、絵摩の死体が荒川の下流で発見される。犯人を告げる一本の密告電話が長峰の元に入った。それを聞いた長峰は半信半疑のまま、娘の復讐に動き出す——。遺族の復讐と少年犯罪をテーマにした問題作。

使命と魂のリミット　東野圭吾

あの日なくしたものを取り戻すため、私は命を賭ける——。心臓外科医を目指す夕紀は、誰にも言えないある目的を胸に秘めていた。それを果たすべき日に、手術室を前代未聞の危機が襲う。大傑作長編サスペンス。

夜明けの街で　東野圭吾

不倫する奴なんてバカだと思っていた。でもどうしようもない時もある——。建設会社に勤める渡部は、派遣社員の秋葉と不倫の恋に墜ちる。しかし、秋葉は誰にも明かせない事情を抱えていた……。

ナミヤ雑貨店の奇蹟　東野圭吾

あらゆる悩み相談に乗る不思議な雑貨店。そこに集う、人生最大の岐路に立った人たち。過去と現在を超えて温かな手紙交換がはじまる……張り巡らされた伏線が奇蹟のように繋がり合う、心ふるわす物語。

角川文庫ベストセラー

今夜は眠れない　宮部みゆき

中学一年でサッカー部の僕、両親は結婚15年目、ごく普通の平和な我が家に、謎の人物が5億もの財産を母さんに遺贈したことで、生活が一変。家族の絆を取り戻すため、僕は親友の島崎と、真相究明に乗り出す。

夢にも思わない　宮部みゆき

秋の夜、下町の庭園での虫聞きの会で殺人事件が。殺されたのは僕の同級生のクドウさんの従妹だった。被害者への無責任な噂もあとをたたず、クドウさんも沈みがち。僕は親友の島崎と真相究明に乗り出した。

あやし　宮部みゆき

木綿問屋の大黒屋の跡取り、藤一郎に縁談が持ち上がったが、女中のおはるのお腹にその子供がいることが判明する。店を出されたおはるを、藤一郎の遣いで訪ねた小僧が見たものは……江戸のふしぎ噺9編。

ブレイブ・ストーリー(上)(中)(下)　宮部みゆき

亘はテレビゲームが大好きな普通の小学5年生。不意に持ち上がった両親の離婚話に、ワタルはこれまでの平穏な毎日を取り戻し、運命を変えるため、幻界〈ヴィジョン〉へと旅立つ。感動の長編ファンタジー！

お文《ふみ》の影　宮部みゆき

月光の下、影踏みをして遊ぶ子どもたちのなかにぽつんと女の子の影が現れる。影の正体と、その因縁とは。「ぼんくら」シリーズの政五郎親分とおでこの活躍する表題作をはじめとする、全6編のあやしの世界。